名师推荐新课标阅读书目

中国民间故事
ZHONGGUO MINJIAN GUSHI

崔钟雷 主编

哈尔滨出版社
HARBIN PUBLISHING HOUSE

图书在版编目(CIP)数据

中国民间故事/崔钟雷主编.—哈尔滨：哈尔滨出版社，2019.5
名师推荐新课标阅读书目
ISBN 978-7-5484-4551-7

Ⅰ.①中… Ⅱ.①崔… Ⅲ.①民间故事-作品集-中国 Ⅳ.①I277.3

中国版本图书馆 CIP 数据核字(2018)第 303295 号

书　　名：**中国民间故事**
　　　　　ZHONGGUO MINJIAN GUSHI

主　　编：崔钟雷
副 主 编：王丽萍　苏　林　石冬雪
责任编辑：任　环　杨　磊
责任审校：李　战
装帧设计：稻草人工作室

出版发行：哈尔滨出版社(Harbin Publishing House)
社　　址：哈尔滨市松北区世坤路 738 号 9 号楼　邮编：150028
经　　销：全国新华书店
印　　刷：淄博志泽文化传媒有限公司
网　　址：www.hrbcbs.com　　www.mifengniao.com
E-mail：hrbcbs@yeah.net
编辑版权热线：(0451)87900271　87900272
销售热线：(0451)87900202　87900203
邮购热线：4006900345　(0451)87900256

开　　本：787mm×1092mm　1/32　印张：5　字数：160 千字
版　　次：2019 年 5 月第 1 版
印　　次：2019 年 5 月第 1 次印刷
书　　号：ISBN 978-7-5484-4551-7
定　　价：19.80 元

凡购本社图书发现印装错误，请与本社印制部联系调换。　服务热线：(0451)87900278

前言

　　一本好书可以展现不同的人生,它就像一位慈爱的老者,把自己的人生阅历慢慢摊开,积淀他人的未来。一本被奉为经典的好书,一定有高妙的艺术造诣,蕴含了透彻的人生哲理,经得起时代的荡涤。青少年正处在一个认识世界、探索人生的关键阶段,这些历经时间洗礼而沉淀下来的名著是一盏盏的明灯,指引青少年走向成功的道路。

　　这是一套汇聚古今中外文学名著的集锦。"名师推荐新课标阅读书目"丛书精选了古今中外适合青少年阅读的文学名著,这些名著不仅深入人心,脍炙人口,而且在文学史上也占有重要的地位。"人可以被毁灭,但是不能被打败",宣扬顽强不屈、勇敢与命运抗争精神的《老人与海》;表达真、善、美,传播友情、责任与爱的《绿山墙的安妮》;寓意深刻、发蒙启智的《伊索寓言》;既是科学著作又是人性诗篇的《昆虫记》;揭示动物情感,反映动物生命轨迹的《西顿动物故事》……从名著中汲取智慧,给成长以滋养,青少年必定受益终身。

　　阅读名著就像是在沙漠中行走,有时会觉得枯燥,但无论如何,如果你找到了沙漠中的那口水井,一定会收获一朵娇艳的生命之花。最后,谨以此套书献给在提高自身文学修养的道路上不断前行的朋友们。

1 读书笔记

边看边想,边读边记,把感想和领悟写下来,可以加深记忆,积累知识。

2 阅读点睛

对疑难句子、词汇进行解析,深入浅出,点到为止,启发学生理解文意。

名师推荐新课标阅读书目

两头蛇

● 读书笔记

孙叔敖是我国春秋时期的大政治家,他小的时候,就是个聪明善良的孩子。有一天,他在回家的路上看见了一条两头蛇,既惊慌又害怕,但很快就镇定下来,勇敢地杀死了蛇。回到家,他对母亲说:"听人家说看见了两头蛇的人是活不久的。今天,我就看见了一条,我想,我一定快要死了!"说完,孙叔敖哭了。

母亲却笑着摇摇头,接着问:"那条两头蛇现在在什么地方?"孙叔敖回答说:"我怕别人看见它,再害别人,已经把它打死,埋在土里了。"

母亲笑得更开心了,说:"孩子,你做得对!你做了这样的好事,谁都会爱护你,不会让你死掉的!"孙叔敖听了母亲的话,抹着眼泪点了点头。

从此以后,别人再说起孙叔敖,都说他不仅是一个聪明善良的小孩儿,更是一个勇敢的小孩儿。

面对危难时,想到自己还不够,还要想到别人。

● 阅读点睛

点明故事的寓意:我们做事情要保护自己,也要想着他人。

3 情节档案

指导学生抽丝剥茧地找到文章的四大要素。既有助于学生阅读理解,又能提升写作能力。

📽 情节档案

- 起 因:贫穷的沈万三衣柜里做了一个奇怪的梦,他梦见一天夜里身穿青色衣服的人向他求救,并表示一定会报答他的救命之恩。
- 经 过:第二天白天,沈万三出门遇见本村捕起的渔翁,两人寒暄一番之后,沈万三看见渔翁的鱼篓里面装着刚捕到的一百多只青蛙,不禁使他联想到昨晚梦见的那群青衣人,于是沈万三买下所有的青蛙,将其放生到水池里。
- 高 潮:被放生的青蛙打捞碗叶凹上涌为沈万三夫妇喝起来,并且在第二这送给沈万三一个神奇的聚宝盆,沈万三手中的一文银钱掉进聚宝盆里,就出现了满满一盆的银钱。
- 结 局:沈万三借着聚宝盆金银涌来,越进聚宝盆,他因此拥有数不尽的财物,成为天下第一大富主。

品读赏析

孙叔敖是一个勇敢且善良的小孩子,从他的故事里我们明白,善良的人总是会得到眷顾。孙叔敖在危险的情况下仍然能够冷静、理智地杀死两头蛇,为民除害,这种遇事沉着、心系他人的品质值得学习。

拓展延伸

农夫与蛇的故事

孙叔敖遇见了可怕的蛇懂得杀死它保护大家,而农夫同样遇到一条蛇,他又是怎样做的呢?

一个农夫在寒冷的冬天里看见一条正在冬眠的蛇,误以为是冻僵了,就把它拾起来,小心翼翼地放进怀里,用暖和的身体温暖着它。那蛇受了惊吓,被吵醒了。等到它彻底苏醒过来,以为农夫要伤害它,便出于自卫的本能,用尖利的毒牙狠狠地咬了农夫一口,使农夫受了致命的创伤。农夫临死的时候痛悔地说:"我欲行善积德,但学识浅薄,结果害了自己,遭到这样的报应。"说完就死去了。

4 品读赏析

提炼本章的中心思想,了解作者的写作意图,使学生对本章内容有更深层次的认识。

5 拓展延伸

选择恰当的知识点,对文章进行合理的延伸,为学生打造一个内容丰富、精彩纷呈的知识储备库。

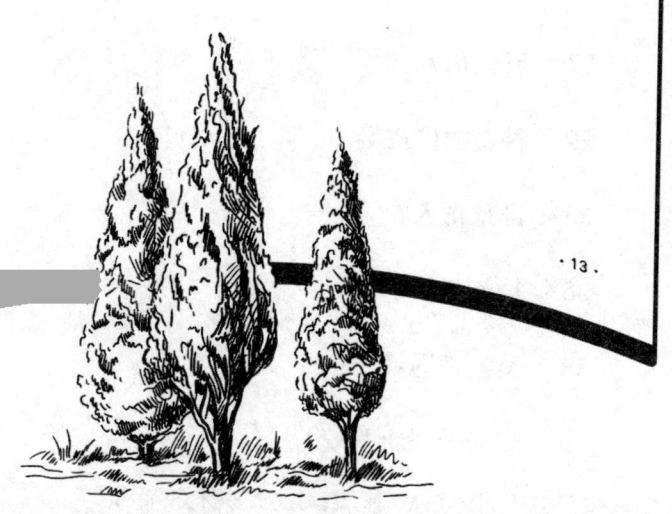

目录 MULU

1/ 聚宝盆

5/ 眉间尺

7/ 柴郎成亲记

10/ 愚公移山

12/ 两头蛇

14/ 好猎者

16/ 戴渊投剑

18/ 田螺姑娘

22/ 镇宅神鸟

24/ 查郎与白妹

27/ 唇亡齿寒

29/ 神奇的桦皮篓

33/ 谁是富人？

36/ 神龟托梦

38/ 吴孟举遇仙

40/ 澹台子羽斩双蛟

43/ 孔雀公主

46/ 金沙姑娘

50/ 苗寨英雄柯岩

56/ 乌贼和狐狸

59/ 马头琴的故事

64/ 勇敢的奇尼

68/ 勇降三头妖

72/ 山女伏旱魔

76/ 宫女图

79/ 花木兰

82/ 智杀虎精

84/ 红泉的故事

87/ 龙角的由来

89/ 牡丹仙子对抗武则天

92/ 宝筒

96/ 耕耘与收获

98/ 马莲花

101/ 闹鬼的书院

103/ 亡羊

105/ 神奇的红石榴

108/ 黛羽公主

110/ 葫芦娃

113/ 干将莫邪铸剑

115/ 小黄龙和大黑龙

118/ 宝莲灯

121/ 徐文长的故事

123/ 孟姜女的传说

129/ 龙犬娶公主

134/ 望娘滩

138/ 凤凰山传奇

144/ 英雄朵阿若恣

148/ 姜太公钓鱼——愿者上钩

151/ 读后感

聚宝盆

明朝初年,有个叫沈万三的人,他家境贫寒生活困苦。

在一个宁静的夜晚,沈万三因白日里忙了一天,刚上床就进入了梦乡。不知过了多长时间,大约有一百个穿着青色衣服的人,一齐拥到他的面前,纷纷乞求说:"大人,快行行好吧!""有人要杀我们,怎么办哪?只有你能救我们!"

乞求声掺杂着哭声,十分凄惨。

沈万三感到太突然了,心想:这些人是从哪里来的呢?我一个也不认识呀,他们怎么会找我?要找也得找有本事的人,我一没有钱,二不会武艺。于是他问道:"请问,你们知道我是谁吗?"

"知道!"青衣人异口同声地回答,"你是沈万三大人。"

"你们没有找错人?"

"没有!"

沈万三一听,为难地说:"人非草木。你们这样哀求我,哪有见死不救之理?只是我没有本事相救呀!你们也不想想,你们这么多人都解决不了的事,我又有什么办法呢?"

可青衣人却说只有沈万三能搭救他们。沈万三顾不得问明要杀他们的是什么人,脑袋里只想着:我有什么办

● 读书笔记

● 阅读点睛

此处沈万三反复地思考着同样的问题,表现出他的疑惑和迷茫。

法?我有什么办法……

一个青衣人说:"你就帮帮忙吧,我们一定报答你的救命之恩!"

沈万三生气了:"这算什么话!难道我是图什么好处吗?我确实没有办法!"

这个青衣人对大家说:"咱们给大人跪下!"

"你们!你们……"沈万三一急,便醒了。他睁开眼睛一看,哪有什么青衣人?

第二天早晨,沈万三出门遇见本村姓赵的渔翁,客气地说:"您老起得这么早干什么?"

"嘿嘿嘿,去捉来一百多只青蛙,回来下酒吃。"赵老头说着,指指背着的鱼篓。

沈万三又跟赵老头寒暄了几句,正要离开,猛地想起夜里的梦:他们都穿着青色衣服,跟青蛙的颜色一样……对了,那些青衣人就是赵老伯捉的青蛙变的呀!原来是它们托梦给我。嗯,这么说来,我能救它们的命!于是,他就从赵老头那买回了全部青蛙。由于沈万三没有家什,赵老头便把鱼篓借给了他。

妻子见丈夫背个很重的鱼篓回来,以为买回来很多鱼,埋怨说:"你哪来钱买这么多鱼?家里的米缸……"

沈万三"扑哧"笑了:"你是想吃鱼了吧!我这是做好事,从赵老伯那儿买的青蛙,准备把它们送到房后的水池里放生。"

妻子虽然生气,但也不好对丈夫发火,只能坐下来抹眼泪。

沈万三把鱼篓放下来,对妻子说:"哭什么呀?听我讲清楚嘛。"然后他把夜里的梦一五一十地对妻子讲了一遍。

妻子听后,止住了眼泪,同沈万三一起把青蛙放入房后的水池里。水池里荷花鲜艳可爱,青蛙们跳到翠绿的荷叶上,朝着救命恩人唱起歌儿来。沈万三心里甜丝丝的。

但是,到了夜里,却苦了沈万三夫妻。青蛙们呱呱的叫声,使他俩翻来覆去睡不着。妻子不

满地说:"看你干的好事!我明天一早就把它们赶走!"

沈万三一早起来,来到房后时,只见那一群青蛙,正在池边围着一个瓦盆叫着。"奇怪,这个瓦盆哪里来的?"他拿着瓦盆问妻子:"这个盆是谁家的?"

妻子上前辨认,一不小心,头上的银钗掉到了瓦盆里。接着,两个人都惊叫起来,原来刚掉下去的一支银钗,变成了满盆子的银钗!

他们立刻明白了,这个不起眼的瓦盆,是青蛙作为报答送给他们的一个聚宝盆。

沈万三马上向人借来金银财宝,放进聚宝盆。金银财宝放进一点儿,立刻变成了一盆。

就这样,沈万三变成了天下第一的大财主。

> ● 阅读点睛
>
> 此处点明"聚宝盆"的来历,这是沈万三存好心、做好事的回报。

品读赏析

这则富有离奇色彩的故事充满中国古代民间文化的特点:一个贫寒、落魄的小人物,因为自身的善良和真诚,给予他人帮助,最后得到回报并收获财富。这告诉我们:无论自己处境如何,都要尽自己微薄之力去帮助需要帮助的人,这些善举是会得到回报的。青蛙的报恩同样启示人们要做一个知恩图报的人,这样在我们需要帮助的时候才会有更多人愿意帮助我们。

拓展延伸

生活中的"聚宝盆"

聚宝盆是中国古代民间传说中的一个宝物,顾名思义其形状为凹形,如碗如兜,招财聚气,生旺家宅风水。因此聚宝盆内可放硬币、元宝、护身符等吉祥物品。人们通常将聚宝盆摆放在存钱筒、收银机、保险柜、钱柜的上下左右接触的位置,希望达到聚气、聚财的效果。

情节档案

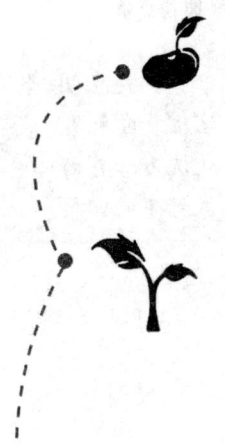

起　因：贫穷的沈万三在夜里做了一个奇怪的梦，他梦见一大群身穿青色衣服的人向他求救，并表示一定会报答他的救命之恩。

经　过：第二天白天，沈万三出门遇见本村姓赵的渔翁，两人寒暄一番之后，沈万三看见渔翁的鱼篓里面装着刚捕到的一百多只青蛙，这不禁使他联想到昨晚梦见的那群青衣人。于是沈万三买下所有的青蛙，回到家和妻子一起把青蛙们放生到水池里。

高　潮：被放生的青蛙们跳到荷叶上面为沈万三夫妇唱起歌来，并且在第二天送给沈万三一个神奇的聚宝盆，沈万三妻子的一支银钗掉进聚宝盆里面，就出现了满满一盆的银钗。

结　局：沈万三借来各种金银珠宝，放进聚宝盆，他因此拥有数不尽的财物，成为天下第一大财主。

眉间尺

传说当年干将为楚王铸剑,耗时三年之久最终铸成雌雄两口宝剑。干将将雌剑献给了楚王,把雄剑留给自己未来的孩子。而楚王认为他办事不力,非常生气,便下令把干将杀了。

干将走后,莫邪生了一个男孩儿,起名儿叫赤鼻。赤鼻长大后,得到了那口雄剑。他日日夜夜都想着要杀掉楚王,为父亲报仇。

有一天,楚王做了一个梦。他梦见了一个额头很宽、眉宇之间阔有一尺的孩子,说是要来为父亲报仇。楚王便悬赏千金,到处张贴榜文,画影捉拿梦中所见的孩子。赤鼻听说以后,根据榜文所描述的情况,感觉楚王要找的人和自己颇有几分相似,便躲进了深山藏了起来。他心中想到父仇未报,不觉悲从中来。

这时,一个人看他如此悲哀,就同情地问他原因。

赤鼻说:"我是干将、莫邪的儿子,楚王将我爹杀害了,我想报这杀父之仇。"

那个人说:"听说楚王悬赏千金买你的人头,如果你肯拿出你的头和剑给我,我便可以帮你报仇。"

赤鼻毫不犹豫地答应了。

那个人带着赤鼻的头去见楚王,楚王大喜。那个人说:"这是一颗勇士的头,应当把它放到汤锅里去烹煮,直到肉烂为止,以免以后成精作怪。"楚王听后觉得有理,便按照那个人的意思去做了。可头被放到了汤锅里煮了三天三夜都没

◉ 阅读点睛

此处表现出赤鼻对楚王的仇恨之深。

煮烂,还有几次从汤锅里跳了出来,圆睁着一双愤怒的眼睛。那个人说:"这勇士的头总也煮不烂,还望大王亲自去看看,借大王的威风镇住它,自然就会将其煮烂了。"楚王心想也只好如此了,便慢慢走向锅边。那个人迅速抽出雄剑,向着楚王的脖颈儿一挥,楚王的头就一下子掉进了汤锅里。然后,他又把剑向自己脖颈儿一挥,自己的头也掉进了汤锅里。汤锅沸腾着,霎时间三颗头都煮烂了,再也无法分辨出哪颗是楚王的头了。

◉ 阅读点睛

此处点明"三王墓"的来历,成为一个历史典故。

楚王的部下们没有办法,只好连骨带肉分成三份,用瓦罐装好,分别埋葬起来,并修建了三座坟墓,称之为"三王墓"。这"三王墓"如今仍存在于中国汝南县境内。

品读赏析

赤鼻为父报仇不惜自杀而亡,帮赤鼻报仇的勇士也在完成任务之后以死明志。他们的行为都让我们深深感悟到勇士可歌可泣的献身精神,他们一生为承诺和誓言而活,对责任十分忠贞。干将铸剑和"三王墓"的故事从古至今一直广为流传,成为一段传奇,也成为一段悲壮的神话。

拓展延伸

荆轲刺秦王

"三王墓"是一个关于勇士的故事,类似的勇士还有历史上著名的荆轲。公元前227年,荆轲带燕督亢地图和樊於期首级,前往秦国刺杀秦王。临行前,许多人在易水边为荆轲送行,场面十分悲壮。"风萧萧兮易水寒,壮士一去兮不复还",这是荆轲在告别时所吟唱的诗句。荆轲来到秦国后,秦王在咸阳宫隆重召见了他。荆轲在献燕督亢地图时,图穷匕见,刺秦王不中,被杀。

柴郎成亲记

从前，在高山上住着一个青年，这个青年靠砍柴为生，人们都叫他柴郎。

这天清早，柴郎出去砍柴。到中午时，见柴已经砍得差不多了，柴郎便挑起柴担准备回家。就在这时他听见山上好像传来"救命、救命"的声音，于是柴郎扔下柴担，朝着喊声跑去。到那一看，原来是位老婆婆掉进了地洞里。他弯下腰试图将老婆婆拉上来，可是洞太深了，他抓不到老婆婆的手。柴郎只好跳下去，把老婆婆高举着推出洞来。然后自己再在洞底把石头垒起来，踩着石头才爬了上来。

柴郎刚出地洞，老婆婆连忙上前感谢他的救命之恩。柴郎问老婆婆："您这么大年纪了，还要到山上捡柴吗？"老婆婆对他说："孩子，没办法呀，我一个孤寡老婆子，无儿无女，什么事都得自己动手啊！"

柴郎见老婆婆头发全白了，而且年纪也很大，十分同情，便对她说："您能烧多少柴呀，以后您别上山捡柴了，我给您送去。"

然后，他将老婆婆送回了家，同时把自己的柴也留给了她，临走时，他还对老婆婆说："以后千万别再上山了，过两天我再给您送柴来！"

老婆婆感激地说："太感谢你了，我可遇上好心人了。可是，我上山不光是拾柴，还要割草呀，我家还养着一头牛呢！"

柴郎一看，草棚里面确实有一头牛。他想了想说："老婆婆，这样吧，如果您信得过我，这头牛就由我替您养着，到了您需要时，我再把牛给您送来。"

老婆婆眼里充满了感激的神情，怎能不答应呢？于是，柴郎把牛牵回了家。白天，他把牛牵出去，放到水草茂盛的地方；晚上，喂它新鲜的青草。怕牛吃不好，柴郎一晚上要往牛棚跑好几回。没过多久，牛长得膘肥体壮，完全变了一副模样。

柴郎想起老婆婆的柴快要烧完了，便挑了一担柴送去，顺便也把牛牵去好让她放心。转过一道山梁，远远望见了老婆婆住的地方。奇怪的是到了跟前，别说老婆婆，就连房子也不见了。他去附近人家打听，但谁也不知道这个独身老婆婆。柴郎只好牵着牛，把柴又挑了回去。

隔天柴郎家中发生了一件奇怪的事。这天，他砍完柴刚进家门，又饿又渴，打算烧火做饭，却发现灶火刚熄，揭开锅盖一看，顿时饭香扑鼻。柴郎饿坏了，也不管这是谁做的，便狼吞虎咽地吃了起来。吃饱饭后，他开始琢磨是谁为他做好的饭，他走来走去，也没看出有人来过的踪迹；去问左邻右舍，也没人知道，柴郎不禁一头雾水。

后来柴郎再砍柴回来，锅里不仅有了可口的饭菜，整个屋子也被收拾得干干净净。柴郎吃饱了肚子，疑惑更多了。这一夜他怎么也睡不着，天刚亮就上山了。不过，柴郎这次学聪明了，他没走多远，就返了回来，悄悄藏在院子外边的树林里要看个究竟。中午时，他听见牛脖子上的铃铛响了几下，抬头望去，惊得柴郎险些叫起来。只见那牛离开槽头，一转身变成了一位漂亮的姑娘。她进到屋里，手脚麻利地生火做饭，扫地擦桌，只一会儿的工夫，屋子就被收拾得亮亮堂堂，饭菜的香味也四处飘溢。做好一切，姑娘转身出屋，又变成了牛棚里的那头牛。这天，柴郎什么也没说。

一天就这样过去了，转眼间迎来了崭新的一天，柴郎又像昨天一样，走出去没多远就又返了回来，仍旧藏在了昨天的那片树林里。他看见牛又变成了漂亮姑娘去做饭、收拾屋子。这时，柴郎三步并作两步地跑到姑娘的面前，向

◉ 阅读点睛

事件离奇，让人疑惑老婆婆的身份。引起读者阅读兴趣，同时为后文发展做铺垫。

◉ 阅读点睛

此处动作描写，表现出姑娘的贤惠和勤劳。

她询问这一切是怎么回事。姑娘告诉柴郎,她是神女,见他心地善良,乐于助人,所以愿意与他结为夫妻,来照顾他的生活。

柴郎喜出望外,但转眼间又皱起了眉头。神女明白,柴郎是不想她跟他过苦日子。于是神女取下金簪往地上一画,柴郎家不仅顿时变了模样,还添了许多新家具。后来,他们拜堂成了亲,从此过上了幸福快乐的日子。

品读赏析

柴郎因为自己的善良最终得到了神女的芳心,就像童话故事里的王子与公主一样,过上了幸福快乐的生活。这个故事告诉我们,即使现在一无所有,但只要有一颗善良的心和一双勤劳的手,终有一天会收获意想不到的幸福。

拓展延伸

中国神话

大多数的中国神话都发生在三皇五帝时代。中国神话是中华文化与历史的瑰宝,通过口耳相传或书面文字记载等各种形式流传在寓言、小说、宗教、舞蹈、戏曲中。最初的文字记载散见于《山海经》《水经注》《尚书》《史记》《礼记》《楚辞》《吕氏春秋》《国语》《左传》《淮南子》等古老典籍中。

愚公移山

古时候，在冀州的南面、黄河北岸的北面有两座方圆七百里、高达万丈的大山，一座叫太行山，另一座叫王屋山。九十来岁的愚公一家就住在山的北面，正对着两座大山，出行十分不便。

一天，愚公把全家人召集在一起，说了自己打算挖掉门前两座山的想法，得到了全家人的赞成。愚公就率子孙干了起来，把石块运到渤海的尽头去。冬去春来，他们才往返一次，但谁也不泄劲。

河曲地方有一个智叟，他笑着阻止愚公，说他们在干傻事。愚公说："这怎么是傻事呢？你想想，我死了还有儿子，儿子又生孙子，孙子又生儿子，儿子又有儿子，儿子又有孙子。子子孙孙，是没有穷尽的！而山却不会再增高了，何愁挖不平呢？"

智叟无言以对，灰溜溜地走了。

后来，愚公坚强的毅力感动了天帝，天帝命令大力神夸娥氏的两个儿子把这两座山背走了，一座放在朔州的东部，一座放在雍州的南部。从此，冀州南部到汉水南岸，再也没有高山阻碍了。

◉ 阅读点睛

> 简短的字句突出愚公一家人不畏艰难、勇往直前的决心。

◉ 阅读点睛

> 愚公的话教育我们：信念是会被一辈接着一辈传下去的。它与肉体不同，人的肉体可能会腐烂，但信念是永远不会消失的，总有一天，几代人的努力会成为现实。

品读赏析

愚公精神是锲而不舍的坚持精神。现实生活中,我们同样会遇到很多看似难以解决、克服的问题和困难,但是不能像智叟那样想都不敢想就放弃、逃避,而应该有愚公那种永不放弃的执着,即便我们没有神仙的庇护,但只要相信"不忘初心,方得始终",我们就会收获成功。

拓展延伸

《列子》

《愚公移山》的故事选自《列子·汤问》。《列子》又名《冲虚真经》,相传是由春秋战国时期著名道家思想家列子(列御寇)所著的经典。在《列子·汤问》一书中列子先借由殷汤与夏革的对话,畅谈时空的无极无尽,并且难能可贵地表达了"天地亦物"的宇宙观;再通过大禹和夏革的两段言论,说明自然界的生息变幻以及人世间的寿夭祸福都是无所待而成,无所待而灭,即使博学多识的圣人也未必能够通晓其规律与奥秘。

两头蛇

●读书笔记

孙叔敖是我国春秋时期的大政治家,他小的时候,就是个聪明善良的孩子。有一天,他在回家的路上看见了一条两头蛇,既惊慌又害怕,但很快就镇定下来,勇敢地杀死了蛇。回到家,他对母亲说:"听人家说看见了两头蛇的人是活不久的。今天,我就看见了一条,我想,我一定快要死了!"说完,孙叔敖哭了。

母亲却笑着摇摇头,接着问:"那条两头蛇现在在什么地方?"孙叔敖回答说:"我怕别人看见它,再害别人,已经把它打死,埋在土里了。"

母亲笑得更开心了,说:"孩子,你做得对!你做了这样的好事,谁都会爱护你,不会让你死掉的!"孙叔敖听了母亲的话,抹着眼泪点了点头。

从此以后,别人再说起孙叔敖,都说他不仅是一个聪明善良的小孩儿,更是一个勇敢的小孩儿。

面对危难时,想到自己还不够,还要想到别人。

●阅读点睛

> 点明故事的寓意:我们做事情要保护自己,也要想着他人。

品读赏析

孙叔敖是一个勇敢且善良的小孩子,从他的故事里我们明白,善良的人总是会得到眷顾。孙叔敖在危险的情况下仍然能够冷静、理智地杀死两头蛇,为民除害,这种遇事沉着,心系他人的品质值得学习。

拓展延伸

农夫与蛇的故事

孙叔敖遇见了可怕的蛇懂得杀死它保护大家,而农夫同样遇到一条蛇,他又是怎样做的呢?

一个农夫在寒冷的冬天里看见一条正在冬眠的蛇,误以为是冻僵了,就把它拾起来,小心翼翼地放进怀里,用暖和的身体温暖着它。那蛇受了惊吓,被吵醒了。等到它彻底苏醒过来,以为农夫要伤害它,便出于自卫的本能,用尖利的毒牙狠狠地咬了农夫一口,使农夫受了致命的创伤。农夫临死的时候痛悔地说:"我欲行善积德,但学识浅薄,结果害了自己,遭到这样的报应。"说完就死去了。

好猎者

● 读书笔记

战国时期,有个齐国人认为自己的弓箭不够精良,猎术不够高超,便用全部家产换了一副好弓箭,又向著名的猎人学习了猎术,可打猎时仍然是一无所获。他觉得无颜面对朋友乡亲。于是,他一连三天都没有出门打猎,而是坐在家里思考该怎么办。

最终,他下定决心停止打猎,从此专心务农。此后,他每天都辛辛苦苦地在田里耕作,一心一意侍弄庄稼。

秋天到了,他种的庄稼获得了丰收,家境也有了好转。年复一年,他的家境越来越富足了,他就可以花钱买好弓箭、好猎狗,请名师指导,这样,他再去打猎的时候就可以多打到野兽,打猎的收获越来越多了。

● 阅读点睛

点明故事寓意,启示我们做事情要找到主要矛盾、主要问题。

做事情不能只克服了眼前的困难就满足,要找出造成困难的真正原因,彻底克服困难。

品读赏析

本则故事选取简单的题材,采用精练的文字,告诫我们,做事情不能被眼前的利益蒙蔽,应该做长远打算,把目光放得远一些,这样才能找到问题的根本症结,让事情变得更好。

拓展延伸

为何称打猎为"田猎"?

中国自殷、周以来,人们的生活方式由原始社会以狩猎为主变成了农业社会以农耕为主,狩猎不再是获取食物的主要方式。农业社会,为了保护农作物不受野生动物的糟践,人们经常进行大规模的围猎活动,这种围猎最初是在保护农田的名义下进行的,所以被叫作"田猎"。

戴渊投剑

戴渊是东晋的征西大将军,立下战功无数,但在年轻的时候,却在江淮间掠夺过往客商的财物。当初陆机返回洛阳时,带了许多贵重物品,途经江淮,就遭到了戴渊的抢劫。

面对突如其来的劫匪,陆机并没有惊慌失措,反而在寒光闪闪的刀剑之下,观察起岸上的戴渊来。他看见戴渊面容俊朗、神情超然,虽然做的是卑鄙的事情,可神气仍然是那么高贵,显得不同凡响,陆机心中不禁赞叹不已。于是,陆机立于船头,远远地对他说:"你有这样超凡的才华,为什么要做盗贼呢?"一句话说得戴渊顿然醒悟,感慨良多,不禁潸然泪下,立即将宝剑抛入江中,恭恭敬敬地在岸上向陆机长揖到地,归顺了陆机。

后来,戴渊的谈吐、举止,更加显示出他非凡的才华。陆机也更加赏识、器重他,与他成为至交,并向朝廷举荐他。到了东晋时,戴渊已经官至大将军了。

具有突出才华的人,如果同时具有知错能改的品德,就更容易成就大业。

● 阅读点睛

对戴渊进行了神态和外貌描写,突出他的气宇不凡,同时看出陆机有过人的识人之才。

● 读书笔记

品读赏析

有时一个拥有大才能的人,往往因为一念之差而走上歧路,这时就需要有像陆机这样的识才之人的帮助。戴渊是一个知错就改的将才,而陆机更是一个懂得包容和惜才的智者。因此,我们不仅要独善其身,更要懂得善化他人,知人善任。

拓展延伸

历史中的戴渊

戴渊,字若思(《晋书》避唐高祖李渊讳作戴若思)。广陵(今江苏扬州)人,东晋大臣。戴渊仪表颇有风度,性情闲适爽朗,年少时仗义救难,不拘常人的节操行止。经陆机劝解,才受感悟。最初被举为孝廉,后经人举荐,多次升迁,官至豫章太守,加职征西将军,兼任义军都督。又因讨贼有功,赐爵秫陵侯,升任治书侍御史、骠骑将军,任散骑侍郎。

田螺姑娘

● 阅读点睛

故事开篇点题,引起后文故事的发展。

● 读书笔记

东晋元兴年间,侯官人谢端的家中发生了一件令人极为惊奇的事情。

谢端从小父母双亡,无亲无故,是左邻右舍好心的大娘大婶们收养了他。东家做饭给他吃,西家缝衣给他穿。就这样,转眼谢端长到了十八岁,成了一个壮实的年轻人;他为人勤劳诚恳,品行端正,对收养他的邻居们非常尊敬和关心,经常帮他们修房垒墙,耕田锄地。

大家见谢端勤劳肯干、为人宽厚,而且也到该结婚的年龄了,便打算帮他找个媳妇,但却一直没有找到合适的姑娘。

谢端仍旧每天早出晚归,辛勤地劳作,舍不得浪费一点儿时间。一天,他在地里耕地的时候,拾到一个足足能盛下三升酒的巨大田螺。他觉得这个田螺非同寻常,就把它带回了家里,放到水缸中养了起来。

他每天都给田螺准备足够的食物和水,还经常把它拿出来观赏一番。就这样,一连过了十几天。

一天,他早早地下地去干活,很晚才回家。路上他在想,晚上该吃点儿什么呢?他边走边想,不知不觉就到了家里。忽然一阵扑鼻的饭香飘来,仔细一看,热腾腾的饭菜摆在了桌子上。再看炉灶里,火还没有熄呢!谢端以为又是邻居们帮他做的饭,便在吃过饭后向邻居道谢。

邻居疑惑地说:"我今天没有帮你做饭,你为什么要向我道谢呢?"他觉得是邻居做了好事不愿意张扬,便心怀感激地回家去了。

从那之后的很多天,他每天回家都有饭吃,于是他又满怀感激地去向邻居道谢。

哪想邻居却笑着对他说:"你怎么也学会故弄玄虚了呀?是不是你自己娶了媳妇,藏在屋里让她给你烧火做饭啊?"谢端听后,心中感觉很奇怪,不是邻居那又会是谁天天为自己做饭呢?

他想来想去没有头绪,便决定弄个水落石出。不然,别人为自己这样辛苦,自己却连句感谢的话都没有,这实在说不过去。于是第二天,鸡刚叫他就去地里忙农活了,但天刚蒙蒙亮的时候他又悄悄地回到了家中。他站在篱笆墙外偷偷地往屋里看,只见一位花容月貌的姑娘从屋里放田螺的水缸中走了出来,她走到灶旁就开始烧火做饭。

谢端悄悄来到屋里放田螺的水缸边,往里一看,那田螺只剩下了一个空壳。他便走上前去问那位姑娘:"姑娘,你是从哪里来的?为什么要帮我做饭?"

姑娘看到谢端,十分惊讶,想回到田螺壳里去,但是已经来不及了,只好如实地对谢端说:"我是天河里的白水素女,天帝看你孤苦又善良,所以暂时派我来帮你做饭看家。让你十年之内生活富裕、成家立业。到那时,我就可以返回天上去了。但是现在你发现了我,我就不能继续留在这里,只能提前回去了。不过,我把这个田螺壳留给你,你用它储存粮食,将会取之不竭。"

谢端听后苦苦恳请她留下，但白水素女执意要走。这时屋外风雨交加，白水素女便随风雨走了。虽然谢端感到很可惜，但在白水素女留下的田螺壳的帮助下，加上谢端的辛勤劳作，最终过上了幸福快乐的生活。

品读赏析

在《田螺姑娘》的故事中，我们认识了用勤劳善良感动天上神仙的谢端；无私真诚尽心照顾谢端的田螺姑娘。中国古代流传的民间故事包含着普通劳动人民对美好生活的一种向往和期盼，人们向往真善美，并且希望这些好的品质能带来好的回报。

拓展延伸

《搜神后记》

《田螺姑娘》选自《搜神后记》，《搜神后记》在内容上为略妖异变怪之谈，而多言神仙；艺术上是琐碎的记叙减少，成段的故事增多。从题材上，全书大致有四种类型：一类是神仙洞窟的故事；一类是山川风物、世态人情的故事；一类是人神、人鬼的爱情故事；再一类是不怕鬼的故事。叙事机智诙谐，是《搜神后记》区别于其他志怪小说另一颇具特色的地方。

人物特写

姓名：谢端

特点1：勤劳善良

　　谢端每天早出晚归，辛勤地耕种劳作，舍不得浪费一点儿时间。他在田地间捡到一个田螺之后，每天都会给田螺准备足够的水和食物，还常常会拿出田螺欣赏一番。

特点2：知恩图报

　　父母早亡、孤苦无依的谢端，从小受到邻居们的热心帮助。长大后的他对曾经收养过自己的左邻右舍十分关心与尊重，还经常帮助他们修房垒墙、锄田耕地。

姓名：田螺姑娘

特点：无私真诚

　　田螺姑娘本是白水素女，她听从天帝的安排一直暗暗照顾谢端，为谢端煮饭、做家务，田螺姑娘丝毫没有怨言，默默为谢端付出却不计较自己的得失。

　　田螺姑娘在被谢端发现之后只能返回天上，但是临走时把田螺壳留给谢端，希望他日后可以用田螺壳储存粮食，过上衣食无忧的日子。

镇宅神鸟

自从尧定都平阳后,天下五谷丰登,风调雨顺,分成了大大小小的许多个国家。平阳正好处在这些国家中间,因此大家把这一带叫作中国。各国使臣经常到平阳去朝见尧。

这一天,祗支国的大臣去朝见尧,同时献上了一只神鸟。神鸟的歌声悠扬婉转,清脆嘹亮,它的羽毛灿烂,长尾闪耀。

> **阅读点睛**
> 对神鸟进行了生动简洁的刻画和描写,展现了神鸟的非比寻常。

大家都看得出了神,这时使臣说:"请大王和众臣看看它的眼睛。"大家一看,咦,怎么这只鸟一只眼睛有两个瞳呢?

使臣解释道:"这是只神鸟,它的一只眼睛里有两个瞳,所以人们都叫它重明。它一飞冲天,可以和凤凰比唱,可以掠杀猛兽恶鸟。因此,我国才把它作为宝物献给大王。"

正说着,重明鸟扇动翅膀飞出殿去,落在院中的梧桐树上,仰天长歌,天地间都回荡着醉人的旋律。这时飞来一只金灿灿的凤凰,两鸟鼓翅相舞,长空中歌声悠扬,梧桐树上流光溢彩。众臣都止不住高声赞叹,只有尧皱着眉,显出为难的神色,他对使臣说:"这么好的国宝理应为

> **阅读点睛**
> 将尧与众臣的反映做对比,突出表现了尧的博大胸怀和心系百姓的崇高品质。

子民效劳,我怎能收此贵礼?"尧不肯接受这份礼物,命使臣将重明鸟带回去。使臣见尧态度坚决,跪地不起:"您为众生调驯六畜,传播谷种,大旱年头又亲凿水井,拯救了苍生。我君特意要小臣来献此神鸟。大王若不接受,小臣也没脸回去。"

尧听了十分为难,思索之后,便收下神鸟,重赏了使臣,命他回去把赏金分发给百姓。

使臣走后,尧忙命人把神鸟放出去,为天下子民除害灭祸。

于是大臣们按照尧的旨意放了那神鸟。重明鸟展翅飞上天去,翱翔一周,又飞回来落到了梧桐树上。如此往返,每天多次,不见异常。周围百姓纷纷传言,自重明鸟来了以后,不仅豺狼虎豹没了踪影,就连蜈蚣、蝎子这些小害虫也不见了,都说重明鸟是镇宅之宝。

又过了一些日子,神鸟在梧桐树上长鸣一阵后,展翅飞翔,好久不见回来。众人这才明白,那声长鸣是重明鸟在远行前和大家道别。重明鸟飞走后,尧怕毒虫猛兽再来侵袭百姓,便画出了神鸟的模样,将它张贴在屋里,这就是流传至今的"神鸟镇宅"的年画。

品读赏析

我们从故事中感受到了尧关心天下黎民苍生的胸怀,也从奇幻生动的描写刻画中了解到重明鸟的神奇和力量,对这一美好事物产生幻想。这就是中国神话故事带给人的希望和感动,反映了纯真的人们朴实的愿望。

拓展延伸

《拾遗记》

《镇宅神鸟》的故事选自《拾遗记》。《拾遗记》是志怪小说集,又名《拾遗录》《王子年拾遗记》。作者东晋王嘉,字子年,陇西安阳(今甘肃渭源)人。《拾遗记》的主要内容是杂录和志怪。书中尤着重宣传神仙方术,多荒诞不经。但其中某些幻想,如"贯月槎""沦波舟"等,表现出丰富的想象力。文字绮丽,所叙之事类皆情节曲折,辞采可观。后人多引为故实。

查郎与白妹

布依族的农家有一位名叫白妹的姑娘。一天,她到山上去砍柴,天气非常炎热,白妹被晒得满头大汗。她不知走了多久,最终来到了莲花山山口。在山口,她看到了一棵大树,便走过去坐在树下休息乘凉。

白妹刚刚坐下没多久,忽然狂风四起,一只不知从什么地方蹿出来的猛虎向她扑去。白妹顿时吓得花容失色,心中暗想:我一定会被吃掉的。就在这万分紧急的关头,忽听"嗖"的一声,猛虎应声翻倒在地。白妹仔细一看,原来是寨子里有名的打虎英雄查郎射了猛虎一箭。受伤的猛虎被激怒了,转身便向查郎扑了过去。查郎左闪右躲,纵身一跳便骑在了老虎的背上,举起斗大的拳头便是一阵猛打,直到把这只凶恶的猛虎活活打死为止。

查郎救了白妹一命,白妹感激万分。她看查郎为人正直,相貌英俊,又强悍勇敢,还有一身降龙伏虎的本领,便深深地爱上了他。一天,白妹在河边洗衣服,忽然听到树林中有吹树叶的声音,仔细一听,原来是查郎在向她表诉爱意。白妹听了心中很是高兴,于是就用歌声回应了查郎的爱慕之情。他们俩你唱我对,整整唱了一天。由于彼此情意相投,便私订了终身。

这件事被寨子里的恶霸李山官知道了,他是个十足的恶棍,已经娶了八个老婆,还想霸占美丽的白妹,于是他赶忙请媒婆到白妹的家里提亲。白妹一口回绝了这门亲事,这下可惹恼了这个恶棍,所以他直接定下日子想要强娶白妹。白妹又是气愤又是担心,李家送来的彩礼她看也不看,全部扔出门外,她冲出家门径直向莲花山跑去。查郎听说了李山官要强娶白妹的消息，便也赶到了莲花山，两人约定，赶在李家来抢亲之前完婚。他们征得了双方父母的同意，第二天便把婚事办了。

这个消息很快便传到了李山官的耳朵里，他气得发了狂，便亲自带着家丁冲到白妹家，抢走了白妹并捆走了查郎。半路上查郎挣断绳索，逃了出来。当夜幕降临的时候，他又偷偷地溜进了李家，打开石狱，救出了白妹。这时李家的家丁赶了过来，查郎为了掩护白妹逃走，自己和李家的家丁厮杀了整整一夜，终因寡不敌众，被李山官活捉了。刽子手们接连砍了他一百多刀，也没能将查郎砍死。李山官没有办法，只好把查郎投入了水牢。

> ● 阅读点睛
>
> 此处可以看出查郎有着非比寻常的能力，读者也为他的安危担忧，不知李山官会用什么方法对待他。

一年过去了，李山官又要杀查郎。他的一个手下说："查郎是青龙下凡，一般人是没有办法杀死他的。"有人出主意说："我们用铁锤和铁钉，一定能将查郎杀死。"李山官采纳了这个主意，在莲花山用铁锤和铁钉把查郎杀死了。

白妹听说查郎被杀死了，便身穿孝服，一口气跑到莲花山，她足足痛哭了七天七夜。到了第七天的夜晚，她下定决心，要为查郎报仇雪恨。她来到了李家，一把火烧了李家的庄园。当李家的家丁来抓白妹的时候，白妹纵身跳入了熊熊大火之中。她宁可选择死亡也不愿意被李家的人抓去，遭受他们的侮辱。

白妹的这一举动，恰巧被蓬莱仙岛的碧云歌仙看到了，她深受感动，将查郎和白妹变成了一对白鹤，双双飞入了云霄。碧云歌仙又将随身带的一瓶甘露洒向了布依族村寨，那甘露立即化成了一股清泉，流遍了千千万万个布依族村寨。喝了这股清泉的人，都变得格外聪明，能够

> ● 阅读点睛
>
> 由此可以看出，在古代的民间故事中，美好的情感总会借助神仙的力量得到成全。

见景生情,出口成歌。后来,布依族的青年男女,人人都是歌手,个个都是"歌仙",因为他们是查郎和白妹的后人,是喝仙水长大的。

品读赏析

一段感人肺腑的纯真爱情总会经历多般磨难,在邪恶势力的作用下,我们自身的力量显得微不足道。在神话故事或文学作品中,也把这些难以求得完美结局的原因归结为命运的不如意,所以人们常常把自己美好的愿望寄托在神力中,希望有种力量可以超越生死的界限,让这世上的人能和他们喜欢的人永远在一起。

拓展延伸

布依族的婚俗

婚姻实行自主婚。接亲时要对歌,俗称对姐妹歌。新娘到男方家的当天晚上,要举行唱荷包歌和要荷包的活动,有"一夜荷包一夜歌"的说法。传统节日有三月三、四月八、六月六、尝新节、七月半等。"三月三"是布依族的传统盛大节日,很多未婚青年男女都通过吹木叶、对歌,相识、相爱、订终身。

唇亡齿寒

春秋时期,晋国想攻打虢国,但是它们两国中间隔着一个虞国,要攻打虢国就得向虞国借路。晋献公担心虞国不答应,又一时想不出好办法解决自己的担忧。晋国的大夫荀息听闻后向晋献公献计说:"请您把那块垂棘出产的宝玉和屈产出产的骏马作为礼物送给虞王,然后提出借路的要求,他一定会答应的。"献公说:"垂棘的宝玉是我祖传的宝贝,而屈产的那匹马可是我最喜爱的马啊!如果虞国收下这两件礼物却不借路给我们,那可怎么办呢?"荀息回答说:"一定不会那样。他如果不答应借路,必然不会收下我们的礼物;如果收下我们的礼物,一定会借路给我们的。即使他们收下了礼物,那块玉石和那匹骏马,也是暂时属于他们罢了,最后还是可以收回来的。把玉石放在虞国,就好比把它从内室移到外室;把宝马送给虞国,就好比把马从厩里牵出来养在厩外一样。您还有什么可忧虑的呢?"

献公听从了荀息的话,派他为使者把礼物送到虞国去。虞王贪图美玉和宝马,就答应了晋国的借路要求。这时,虞王身边有一位大臣名叫宫之奇,他劝阻虞王说:"我

◉ 阅读点睛

虢(guó)国:周朝国名。西虢在今陕西宝鸡西。东虢在今河南荥阳东北。北虢在今河南三门峡市南。

◉ 阅读点睛

此处通过句式相同的句子,表明晋国的阴谋,送大礼给虞国只不过是权宜之策。

们不能答应晋国的要求！虢国是我们的友邻，和我们的关系如同嘴唇和牙齿一样，互相关联。前人曾经说过'唇亡齿寒'，虢国之所以没被灭掉，是靠虞国的支持。如果我们把道路借给了晋国，那么虢国早晨被灭掉后，虞国在当天晚上也就会跟着被灭掉。我们怎能把道路借给晋国去使用呢？"

虞王没有采纳宫之奇的建议，而是把道路借给了晋国。于是，荀息带领兵马，进攻虢国，很快把它灭掉了。晋国得胜返回的时候，又背信弃义进攻虞国，把虞国灭掉后，虞王当了晋国的俘虏。荀息捧着那块美玉，牵着那匹宝马，向晋献公报捷。晋献公得意扬扬地说："美玉还是原来那个样子，只是这匹马变老了一点儿啊！"

这个故事告诉我们，分清敌我，团结对敌，才是得以保全的关键。

品读赏析

这个历史故事告诉我们，不能贪图眼前利益而目光短浅。在乱世之中想要保全自己，就必须分清敌友，作战时最忌讳孤军奋战、势单力薄，懂得团结周围的力量才能取得长久的发展。

拓展延伸

《春秋左氏传》

"唇亡齿寒"的典故源于《春秋左氏传》，相传由春秋末年鲁国的史官左丘明所作，以我国现存最早的一部编年体史书《春秋》为纲，依据史实对其进行了修正和补充，保存了许多当时的社会文化、自然科学等方面的珍贵史料。《春秋左氏传》的文学性很高，被认为是我国古代文学与史学完美结合的典范。

神奇的桦皮篓

传说在很久以前，东北有一个叫花脸沟的地方，其中有一个小屯子里住着十来户人家，那里的人以打猎为生。他们每次狩猎归来，都把打到的猎物和采到的山货交给屯子里一位德高望重的老人，再由这位老人把这些东西按人口平均分配。因此，生活在这里的人们都过着无忧无虑、和和气气的生活。

但是好景不长。一年，一个官老爷带着士兵来到这里，霸占了小屯子，强迫屯里的人们为他干活。

官老爷逼迫屯里的人们每年向他缴纳粮食和赋税，每个月还要上缴山珍美味供他享用。如果有不服从的人，轻者挨打受监禁，重者甚至要丢掉性命。从此，人们原本平静安详的生活被打破了，而那个官老爷越来越富有，不断地建房置地，整日花天酒地，挥金如土。

一日，屯子中的一对兄弟被官老爷逼迫上山打猎，一直到天快黑时才往回走。走到半路，兄弟俩饿了，于是便坐在一棵大树下，掏出干粮打算先填饱肚子再继续赶路。忽然一位白胡子老人从林子里颤巍巍地走来。老人穿着单薄破旧的衣服，背上背着一个桦皮篓。寒风一吹，老人冻得浑身发抖。他刚走到兄弟俩跟前就昏了过去。好心的兄弟俩赶忙走上前，边呼唤他，边给老人揉心口。好不容易老人苏醒过来，吃力地睁开眼睛说："善良的孩子，我已经三天三夜都没有吃东西了，谢谢你们把我救过来，可是我没有东西吃，还是会被饿死、冻死啊！"

兄弟闻言，立刻脱下自己的衣服，披在老人身上，又把自己的干粮放到老人的手上。老人饿极了，接过干粮，毫不客气地几口就把干粮吃了下去。

第二天，兄弟俩上山打猎回来时又碰上了那位老人。老人对他们说："善良的孩子，行行好，你们救人救到底，再给我一口吃的吧！"兄弟俩非常同情他，便又把自己的干粮拿给了老人。

"老爷爷，你从哪里来？到这里做什么啊？"兄弟俩问。老人说："我从很远的地方来，是来这里找儿子的。"说着，老人三口两口就把干粮吃完了。饥饿的老人没有吃饱，又盯着兄弟俩肩上的野鸡和狍子说："孩子，我的饭量大，你们再给我点儿狍子肉吃吧。"兄弟俩心里为难，因为这些猎物是给官老爷打的，如果交不上猎物是要挨鞭子的。但他们看着老人那饥饿难忍的样子，顿时心软了，便把猎物给老人分了一半。回去后，兄弟俩果然被狠心的官老爷用鞭子打了一顿。

● 阅读点睛

　　此处表现出了兄弟俩的善良和慷慨。

接下来的日子，他们每天都会遇到这位老人，并把自己的干粮分给他吃。到了第九天，老人解下背上的桦皮篓说："善良的孩子，我该走了。谢谢你们一直照顾我，我没有什么可以报答你们的，就把这个桦皮篓留给你们，以后或许会对你们有帮助。"说完，老人一下子就消失了。

● 阅读点睛

　　老人突然消失，让我们对他的身份产生怀疑，同时好奇老人留下的桦皮篓会不会有什么神奇之处。

兄弟俩从山上拿着桦皮篓回到家里，因为连日来把自己的口粮分给老人，所以他们俩一直都没怎么吃过东西，肚子饿得咕咕直叫，而米缸里却一粒米也没有了。他们只好饿着肚子睡觉了。

第二天早上，他们还没有醒来就闻到一股香喷喷的饭菜味，起来掀开锅盖一看，里面满是热气腾腾的饭菜。兄弟俩高兴极了，美美地吃了一顿。

从那以后,每天他们家的锅里都会有美味可口的饭菜,但却始终不知道这些饭菜是怎么来的。这一天,为了查明真相,兄弟俩离开了家,但却没有走远。他俩见家里的烟囱开始冒烟了,就悄悄地溜回了家,躲在窗户边偷偷地往里面一看,兄弟俩惊奇地发现,屋子里有三个年轻美丽的姑娘正在做饭。饭做好后,三个姑娘轻轻一跳,便化成了三股青烟钻进了挂在墙上的桦皮篓里。兄弟俩这才明白过来,白胡子老人送给他们的桦皮篓原来是个宝贝。从此以后,他们就像敬神似的供奉着那个桦皮篓。

寒冷的冬天又来了,屯子里的乡亲们被官老爷百般压迫,日子过得越来越困难了。一天晚上,哥哥对弟弟说:"咱俩的日子现在越来越好了,衣食无忧,但乡亲们每天都在挨饿!咱们向桦皮篓祷告让大家像我们一样每天都有饭吃吧!"弟弟听了非常同意。于是,兄弟俩就跪在桦皮篓前诚心诚意地祷告着,希望全屯的乡亲都能够吃上饱饭。

没想到,他们的愿望真的实现了,第二天,当屯里的乡亲们掀开自己家的饭锅时,发现锅里全都有了饭菜。大家又惊又喜,迅速地吃完了美味的饭菜,可没有人知道这是怎么回事。一位德高望重的老人知道了事情的缘由后,便告诉人们应该感谢那兄弟俩,因为是他们做了好事,感动了上天。

这个神奇的桦皮篓的消息很快就传到了官老爷的耳朵里。贪婪的官老爷听到后,马上带人来到了兄弟俩的破草房。官老爷假惺惺地说:"今天我要宴请你们哥俩,你们为我找到了好宝贝,我应该奖赏你们!"

兄弟俩一听,非常愤怒。他们知道官老爷要抢他们的桦皮篓,虽然心里万分不想给,但官老爷人多势众,他们敌不过,只好眼睁睁地看着桦皮篓被官老爷抢走了。

官老爷把抢来的桦皮篓拿回家供奉在大堂上,一边叩头,一边喜笑颜开地呼喊:"桦皮篓,桦皮篓,我不要肉不要酒,专要金银四大篓。"不大一会儿,果然四大篓金灿灿、亮闪闪的金银,神奇地出现在了他的面前。

官老爷高兴极了,他围着四篓金银转来转去,又心生贪念,他想:我有一个这么神奇的桦皮篓,应该让它完成我的心愿。于是他眼睛一转,嘴里高声唱道:"桦皮篓,桦皮篓,三个美女归我有,荣华富贵过长久。"

他的话音刚落，突然从桦皮篓里蹿出三条红色的火蛇。火蛇包围了官老爷，并口吐烈火，转眼间官老爷就在大火中被烧成了灰烬。坏事做尽的官老爷终于得到了报应，被大火活活地烧死了。他的家产也被烧得片瓦不留，只有那个桦皮篓和四篓金银没有被大火伤到分毫。兄弟俩把那四篓金银分给了乡亲们，并用桦皮篓继续为大家造福，人们又恢复了过去安居乐业的好生活。

品读赏析

这是一个善有善报、恶有恶报的故事。那些凭借自己的身份权力为所欲为、贪婪无耻的人终将受到惩罚，而那些善良、勤劳又懂得为别人考虑的好人，终会走出眼前的暂时困境而收获幸福。这是中国民间故事教诲我们最朴实的道理。

拓展延伸

中国民间故事

中国民间故事包含了丰富的历史知识、深厚的民族情感，是中华文化不可或缺的一部分，它有着永恒的艺术魅力和丰富的想象力。中国民间故事蕴含着英雄主义、乐观主义、人道主义等崇高的思想与美德，给人以知识、教诲、鼓舞和希望。对青少年读者来说，阅读中国民间故事，对传承民族文化、启迪智慧、拓宽文化视野有着积极有益的作用。

谁是富人？

有一天,杨家、潘家、韦家、吴家的头领聚在一起开会,商量应该谁当富人,谁当穷人。但他们谁都想当富人,没有人愿当穷人,所以一直争执不下。

吴家的头领说:"我家树木成林,吃穿不愁,我应该当富人。"

杨家的头领说:"我家住在河上游,水是庄稼娘,我应该当富人。"

潘家的头领说:"我家土地最多,地是无价宝,我应该当富人。"

韦家的头领说:"我家牛马成群,庄稼要耕种,没有牛马可不行,我应该当富人。"

四大家族的头领互不相让,越吵声音越大,扰得人们不得安宁。

神女阿英听说了这件事,就对管理财富的妹妹阿桂说:"小妹,你下凡去评判评判吧!"

阿英看着小妹,心想:这是件难事,小妹能处理好吗?谁知阿桂什么都没说,就把事情应了下来,辞别众姐妹,骑了一只白鹤就往人间飞去。在路上,阿桂慢慢地想出了主意。她跳下白鹤,伏在云端,对白鹤耳语几句,让白鹤先下去。

而他们那四个人此时是什么样子呢?他们为了当富人早已吵得不可开交,忽然这时传来了有人喊"救命呀!救命——"的声音。

潘家的头领听到后不再争吵,赶紧向河边跑去,一看有个小姑娘在水中挣扎,潘家的头领衣服也没来得及脱,就跳下水去,把小姑娘救上岸来。

这边杨、韦、吴三人还在争吵,并且说潘家的人走了,富人就没他的份了。

就在这时,阿桂突然从天而降,对他们说:"我是神女,专管财富分配,我看你们谁也别争了,这富人应当是潘家的人!"

韦家的头领说:"不同意!"
杨家的头领说:"不同意!"
吴家的头领说:"不同意!"

他们的吵闹声让阿桂觉得头皮发麻。她带着他们来到了河边,这时,白鹤翩翩飞来,她指着白鹤说:"你们都别争了,我看这样吧,明天谁在这儿把白鹤背过河,谁就当富人,怎么样?"

四家头领都点点头表示同意,事情就这么定下来了。

第二天,四个家族的头领一大早就来到了河边,唯恐来迟了,让别家把白鹤背过去。他们等呀等呀,就是不见白鹤来,这时来了个又脏又丑的老太婆。她看上去年纪很大,而且背上还背着一个男孩儿,手里领着两个小女孩儿。老太婆来到他们跟前,苦苦哀求,请他们将他们娘儿四个送过河去。

杨家头领很精明,背起一个女孩儿过了河。
吴家头领很聪明,连忙背起那个男孩儿过了河。
韦家头领也不傻,赶紧背起剩下的女孩儿过了河。
潘家头领憨厚实在,二话不说,就背起了那个又丑又脏的老太婆过了河。

过了河上了岸,几个头领正要往回走,老太婆说:"大家都别走!"

> **阅读点睛**
>
> 在这件事上,三家出奇地一致,表现出三人对阿桂的安排十分不满。

> **阅读点睛**
>
> 把潘家头领与其他三家头领的举动做对比,表现出他的憨厚实在和内心的善良。

说着掀开了头上的布巾,瞬间变成了阿桂和白鹤。

杨家、吴家、韦家的头领都愣住了,这还有什么可争辩的呢?潘家头领理所当然成了富人。

品读赏析

我们常常喜欢用物质财富的多少来衡量贫富,但真正的富有不仅是有充足的金钱,更要有丰盈的心灵。潘家的头领有着善良朴实的内心,他更懂得给予和馈赠自己的力量与财富,因此才称得上是真正的富人。

拓展延伸

民间关于财神的传说

故事里的财神是仙女阿桂,而在中国民间流传的神话中,财神大致可分为文财神和武财神两种:文财神有两个,一是财帛星君,另一个则是福禄寿三星。相传财帛星君是天上的太白星,职衔是"都天致富财帛星君",专管天下的金银财帛。福禄寿三星中,本来只有禄星才是财神,但因为通常是三位一体,因此福禄寿三星一起被视为财神供奉。武财神也有两个,一个是关羽,另一个是赵公明。

神龟托梦

相传春秋时期,有一天半夜里,宋元君梦见一个披头散发的人对他说:"我从名叫宰路的深潭中来,是奉江神的差遣到河神那里办事去的,不料半路上被一个叫余且的渔夫捉去了。"元君醒来以后,叫人为他占卜这个梦。占卜的回答说:"这是神龟啊。"元君问道:"渔夫当中有个叫余且的吗?"左右的臣僚们说:"有。"元君说:"传令余且,参加朝见。"

第二天,余且来朝见宋元君。元君问他:"你打鱼时打到了什么呀?"余且回答说:"我打到了一只白龟,它的直径长达5尺。"元君命令余且把龟献上来。龟被献上来了,元君不知该怎样处置它,于是又去占卜。卜人回答说:"杀死那只龟用作占卜,肯定会吉利。"于是,他从两边把龟破开,又掏空了龟的内脏,然后用它进行占卜,结果占卜了72次,一次也没有出过差错。

孔子听说这件事后,感慨地说:"这只神龟有本领在元君面前托梦,却没有本领逃避余且的网;它的智慧能够做到72次占卜不出差错,却无法逃避破壳刳肠之灾。可见,智谋再深的人也有糊涂的时候,神机妙算的人也有料想不到的事情!世界上虽然有最高的智谋,也敌不过万人的谋划啊!"

品读赏析

我们本以为神龟可凭借自己的神力保全自己,可最后依然难逃一死。从中我们明白这样一个道理:一个有智慧的人,首先要凭借自己的力量保护好自己,不能把自己的命运寄托在别人的帮助上。一个人如果不能很好地运用自己的智慧,就只能被别人利用,命运就会掌握在别人手中。

拓展延伸

古代人占卜的工具

龟壳乃长寿之物,古人认为其能通神,所以用于占卜。可是龟壳不能重复使用,且不能轻易获得。因为占卜的材料不易得,于是后来的筹策就用竹子。到了汉代,一个叫京房的人觉得竹子起卦太复杂,要经过十八变才能得到一卦,于是他发明了铜钱起卦法,三枚铜钱一起扔六次一卦就形成了,因此铜钱占卜成为中国古代最为流行的预测方法。

吴孟举遇仙

故事发生在清朝乾隆年间。浙江石门县的洲泉有个叫吴孟举的读书人。他的家境十分优越，不但家里有良田千亩，而且他还在朝廷里担任内阁中书的官职。可以说他既荣华，又富贵。但是唯独缺少一样，那就是长生不老的仙术。

苏州民间传说四月十四要"轧神仙"。每年这一天，天上的神仙都要下到凡间游览一番，顺便看一下人间世道。人们都想在这一天亲眼看一看神通广大的仙人，所以四月十四这天，整个苏州总是热闹非凡。可是，从来没有人真的在这一天见到过神仙，只是用当地一句俗语"见仙不识仙，富贵三千年"来图个吉利罢了。但吴孟举听说后并不灰心，他要到苏州碰碰运气。

这年四月十四，吴孟举很早便到了苏州。他既不打红伞，也不坐蓝轿，更没心思欣赏这些热闹景致，而是留心观察来往行人的神态举止，希望能从中辨认出仙人。

吴孟举穿街过巷，不知不觉来到了八里桥堍。他正想举步上桥，只见桥上有一个衣衫褴褛的叫花子。叫花子手握一根破竹竿拐杖，摇摇晃晃地走下桥来。叫花子的嘴里还衔着一枚铜钿，那铜钿随着他的呼吸，发出"嘘、嘘"的声音。吴孟举被这叫花子的模样和举动吸引了。他目不转睛地看着，忽然心头一亮，急忙走上前去，朝叫花子深深地作了一揖。叫花子连忙还礼，说："念今日一面之交，便送几句诗给你。"说着，就用破竹竿拐杖在桥栏杆上写下了：

我在苏州几十年，无人知我是神仙。
唯有洲泉吴孟举，知我是仙非我缘。
神州仙界爱清贫，切莫贪图官和钱。

等吴孟举看完叫花子写的诗时，叫花子写在桥上的字就消失了，人也不见了。此时，吴孟举确信自己真的遇见了仙人。他回到府上，细细品味仙人的赠诗。他心想，"知我是仙非我缘"的意思就是："虽然知道我是神仙，但没有成仙的缘分。"为什么没有缘分呢？因为自己多富贵少清贫。

吴孟举知道这是仙人在点化自己。不久之后，他便辞去了在朝廷的官职，回到洲泉祖屋居住。他将自己的田地财物分赠给乡亲，自己简居在书斋，著书立说，过着清贫的晚年生活，死后便被葬在洲泉西面的马坟头。后来，吴孟举的墓被盗了，但墓里没有半点儿陪葬的贵重物品。可见吴孟举晚年确实是弃富贵从清贫了。

◎ 阅读点睛

此处叫花子留下的歪诗给吴孟举留下了提示。

◎ 读书笔记

品读赏析

故事里的神仙以叫花子的身份现世，意在告诫我们一切名利浮华不过是世间最恼人的身外物，要想了却心中的悲苦和欲望，就要学会放下，不再追求所谓的生前身后名，做一个真正超脱的人。不过对于我们这些生活在世上的凡夫俗子来说，却是很难做到的，我们只能尽量把一切都看得淡泊一些、自然一些。

拓展延伸

为始皇寻仙的徐福

相传秦始皇称帝之后一直渴望长生，徐福上书说海中有蓬莱、方丈、瀛洲三座仙山，有神仙居住。于是秦始皇派徐福率领童男童女数千人，以及已经准备好的三年粮食、衣履、药品和耕具入海求仙，耗资巨大，但徐福一去无踪。其后几年中，秦始皇又派燕人卢生等入海寻求仙药，当然也是一无所获。

澹台子羽斩双蛟

● 读书笔记

_____

_____

_____

● 阅读点睛

此处表现出澹台子羽的淡定和沉稳，同时引起读者的想象：接下来子羽会怎样对付蛟龙？

孔子有位名叫澹台子羽的弟子，他是一个智勇双全的人。

澹台子羽有一块价值连城的白璧。有一次，他从延津渡口渡过黄河时发生了一件事。他站在渡船的船头上，一边欣赏着黄河那绝美的景色，一边想着自己的心事。渡船刚刚行驶到河心时，突然狂风四起，浪高八丈，这时黄河里猛地蹿出两条巨大的蛟龙，它们一左一右，张牙舞爪地截住了澹台子羽乘坐的渡船。

两条蛟龙面目狰狞，张着血盆大口，向船上的人示威。船上的人几乎一个个都吓得惊慌失措，浑身发抖，唯独澹台子羽面无惧色，气定神闲，稳稳地站在船头。

两条龙的来意，澹台子羽此时已是一清二楚了。

原来，黄河的河神河伯，前不久得知了身上带着一块价值连城的白璧的澹台子羽，近日要渡过黄河，他贪图那块白璧便派人守在了渡口，打算抢下白璧据为己有。今天，河伯得知澹台子羽在渡过黄河的船上，于是就命大波之神阳侯兴风作浪，又派出了两条蛟龙前去抢澹台子羽身上的白璧。

此时,澹台子羽立在船头,临危不乱,他左手从怀中掏出白璧,右手握着宝剑,高声喊道:

"河伯你给我听着,我知道你非常想要得到我手中的这块白璧。如果你肯跪下求我的话,我倒可以考虑将它赐给你。但是,你要是用这种卑鄙的手段来抢它,那你就是妄想。即使我能答应你,恐怕我这手中的宝剑也不会答应!"

> **阅读点睛**
>
> 语言描写,表现出澹台子羽在洞悉河伯诡计后的不卑不亢。

澹台子羽说罢,便挥起手中的宝剑,与两条蛟龙展开了一场激战。开始两条蛟龙根本不把澹台子羽放在眼中,但澹台子羽手中的宝剑可以斩浪劈波,所向无敌。只斗了几个回合,两条狂妄的蛟龙便都被他的宝剑拦腰斩断,死在河中。蛟龙那腥秽的血液顿时把滔滔的黄河水染红了。

大波之神阳侯见识到澹台子羽勇猛的神威,便悄悄地收起风浪,灰溜溜地逃走了。渡船上的人们看见澹台子羽斩杀了两条凶恶的蛟龙,都为他拍手叫好。此时,黄河又恢复了平静。于是,船家重新荡起渡船,把人们平平安安地送到了河对岸。

澹台子羽上岸后,掏出白璧,一扬手便将白璧抛入了浑浊的黄河之中,随后说道:"贪婪无耻的河伯,白璧你尽管拿去吧!"

说也奇怪,那白璧刚被抛入水中就又立刻弹了回来,澹台子羽连抛了三次仍是如此。也许是河伯羞于收下白璧吧。最后,澹台子羽将白璧砸了个粉碎,便飘然离去了。

> **阅读点睛**
>
> 澹台子羽杀龙弃璧的举动表现出他潇洒不羁的性格和坦荡淡泊的情怀。

品读赏析

澹台子羽洞悉了河伯的阴谋,也英勇地杀死了蛟龙,足见他智勇双全。子羽杀蛟龙并不是为了保护自己的白璧,而只是出于一个勇士的气节。在子羽看来,临危不惧、铲除邪恶本就是生命里最正当和自然的行为。杀死蛟龙后他将白璧摔碎,可见他淡泊一切浮华的侠客风度,表现了古代故事中所推崇的坦荡与不羁的品格。

拓展延伸

澹台姓氏的来历

澹台(Tán tái)姓源流单纯,源自春秋时鲁国孔子弟子灭明的后代,以地名为氏。春秋时有鲁国孔子的弟子,字子羽,名灭明,南游长江流域,居于澹台湖(在今江苏省苏州市吴中区),另一说是居于澹台山(今山东省济宁嘉祥县南),遂以湖(山)名命姓名,因取名澹台灭明。其后代子孙遂以澹台为姓,称澹台氏。

孔雀公主

三四百年前,在美丽的西双版纳,头人召勐海有一个英俊潇洒、聪明强悍的儿子,叫召树屯。喜欢他的女孩子多得不计其数,可他却始终没遇到自己的心上人。

一天,他忠实的猎人朋友对他说:"明天,有七位美丽的孔雀公主会飞到郎丝娜湖游泳,其中最聪明美丽的是七公主兰吾罗娜,你只要把她的孔雀氅藏起来,她就不能飞走了,就会留下来做你的妻子。"

"是吗?"召树屯将信将疑,但第二天,他还是来到了郎丝娜湖边等候孔雀公主的到来。

果然,从远方飞来了七只轻盈的孔雀,降落到湖边就变成了七位年轻的姑娘,她们跳起了优雅柔美的舞蹈,尤其是七公主兰吾罗娜,舞姿动人极了!

召树屯立刻爱上了她。他照着猎人朋友的话去做,当兰吾罗娜的姐姐们都飞走了,只剩下她一人时,召树屯捧着孔雀氅走了出来。兰吾罗娜看着他,许久没有说话,但爱慕之情已从她的眼神中传递出来。不用说,召树屯娶到了自己心爱的新娘。

他们成婚不久,邻近的部落挑起了战争。为了保卫自己的家园,英勇的召树屯和兰吾罗娜商量了一个通宵,第二天召树屯就带着一支军队出征了。

战争刚开始时,天天都传来召树屯败阵退却的噩耗,眼看战火就要烧到自己的领土了,召勐海急得乱了阵脚。偏偏在这时,有个恶毒的巫师向他进谗言:"兰吾罗娜是妖怪变的,就是她带来了灾难和不幸,若不把她杀掉,战争一定会失败的!"召勐海头脑一热,就听信了他的话,决定把美丽的孔雀公主烧死。

兰吾罗娜站在刑场上,泪流满面,她深深地爱着在远方征战的召树屯,却不得不离开他。最后她对召勐海说:"请允许我再披上孔雀氅跳一次舞吧!"召勐海同意了。兰吾罗娜披上那五光十色、灿烂夺目的孔雀氅,又一次婀娜地、轻盈地、优雅地翩翩起舞,舞姿中充满了和平,充满了对人世的爱,她的身上发出圣洁的光芒,感动了在场所有的人。在悠扬的乐声中,兰吾罗娜化为孔雀,凌空远去了。

可就在这时,前线传来了召树屯凯旋的消息。在欢迎大军得胜归来的载歌载舞的人群中,召树屯没有看见自己日夜思念的妻子,在祝贺胜利犒劳将士的庆功宴上,召树屯还是没有看见兰吾罗娜的身影。他再也忍不住了,说道:"多亏了兰吾罗娜想出的诱敌深入的办法我们才打败了敌人,可现在她到哪儿去了呢?"召勐海一听,这才如梦初醒,却已悔之晚矣。

他把逼走兰吾罗娜的前因后果告诉了召树屯,召树屯听后觉天旋地转,昏倒在地。苏醒过来后,他心中想的只是一定要把妻子找回来。

召树屯跨上战马,又出发了。怀着对兰吾罗娜忠贞不渝的爱,他克服了重重困难,经历了漫长而艰辛的跋涉,不顾全身伤痕累累,不管前程凶险莫测,他的真情感动了天地,最终迎来了与孔雀公主重逢的那一刻。他们含着热泪再次拥抱,发誓永不分离。后来,勇敢的召树屯和聪慧的孔雀公主过上了幸福的生活。

从此,那象征和平与幸福的孔雀公主的故事就在傣族人民中间流传开来。

品读赏析

孔雀公主和召树屯的感人爱情故事让我们明白:一份美好的感情,不是一个人的一味付出,而是需要两个人同心同力,生死与共,共同承担。孔雀公主的故事成为我们对待生活和爱情的一种美好慰藉与寄托。

拓展延伸

傣族孔雀舞的特点

傣族舞蹈的动作虽大多婀娜多姿,节奏较为平缓,但外柔内刚、充满着内在的力量。在孔雀舞的表演中,时而节奏缓慢单一,动作舒展,感情内在含蓄;时而节奏快速多变,动作灵活跳跃,感情狂放而豪爽。傣族舞蹈那以特有的屈伸律动而形成的手、脚、身体"三道弯"的造型特点,以及刚柔相济、动静配合等特有的表演风格,深为广大群众所喜爱。

金沙姑娘

从前,有一个美丽的姑娘叫作金沙。她曾听说在东方的大海里,住着一个十分英俊潇洒的东海王子。于是金沙姑娘便怂恿两个姐姐和她一起去东海寻找王子,寻找自己的幸福。

一天,趁父母和哥哥们都不在家,她们偷偷出发了。

到了晚上,金沙姑娘的父母知道了她们去东海寻找东海王子的事情,他们很担心,便吩咐大儿子玉龙和二儿子哈巴去把她们找回来。

大儿子玉龙马上带上他那十三柄亮闪闪的宝剑,二儿子哈巴也带上他的十二张强弓,一起沿着一条小路追去了。他们一路上连休息的时间都没有,涉水跨涧,翻山越岭地赶路,终于抢在三个妹妹的前面到达了丽江白沙。兄弟俩手拉手地站在马路的中央,想以此来挡住妹妹们前往东海的道路。可是,他们等了很久很久,妹妹们也没有来。赶了一天的路,兄弟俩都已经很疲劳了,玉龙便对哈巴说:"弟弟,我想先睡一会儿,你先盯着,等我醒了你再休息,不能让她们溜过去。要是她们真的溜走了,我一定会按家法处置你的,父母也不会轻饶你的。你一定要小心看守!千万不能偷懒。"

哈巴说:"我知道了,哥哥,你就放心地休息吧。"玉龙应了一声便呼呼地睡着了。

三姐妹很快赶到了丽江白沙,她们发现了前来追赶她们的哥哥,不由得吃了一惊。大姐说:"我们可不是两位哥哥的对手呀,不如趁他们还没有发现我

们,先往南边走吧,要不会被他们抓回去的,那就惨了。"

二姐听了也连连点头,表示赞同大姐的建议。金沙姑娘却坚持着要继续向东走,她说:"不论前方有什么样的困难,我必须向着东海一直走下去,我一定要找到我的东海王子才行!"

大姐劝了金沙好久,但是金沙怎么都不肯听从大姐的劝告。大姐生气了,便独自一人向南奔去,她留下的脚印变成了怒江;二姐见大姐被气走了,急得直跺脚。于是,她便匆忙地追赶大姐去了,她踩出的足印,变成了澜沧江。金沙姑娘一个人站在原地,看着两个姐姐的身影消失在自己的视线里,她伤心极了。但是她为了找到自己的东海王子,很快就擦干眼泪,转过身子,执着地向着东海的方向继续走去。

> **阅读点睛**
> 此处采用神话的叙述方式说明了怒江和澜沧江的来历,十分鲜活生动。

金沙姑娘一边向前走,一边在心里想着应付两个哥哥的办法。就在快要走到玉龙、哈巴挡路的地方时,她终于想出了一个好办法。她唱起了一曲优美的山歌,那美妙的声音仿佛天籁一般,像摇篮曲一样蒙住了大哥玉龙的耳鼓,像沁人心脾的美酒一样浸满了二哥哈巴的心。她唱呀唱呀,一连唱了十八首悦耳的歌谣;听呀听呀,二哥哈巴就迷迷糊糊地进入了梦乡。金沙姑娘见两个哥哥都睡熟了,便飞快地从他们俩的身上跨了过去,然后飞一般地向前跑了好远一段路,她见两个哥哥已经被自己落下了很远,便长长地舒了一口气,笑了。但她担心两个哥哥醒来以后会追上自己,于是一刻不停地向前一路奔去。

> **阅读点睛**
> 此处运用比喻的修辞手法,突出金沙姑娘的歌声十分优美动听。

大哥玉龙一觉醒来,看见二弟哈巴睡得正香,小妹又溜过了他们的封锁线,已经追赶不上了。他又气又悲,气是因为二弟放走了小妹;悲是按先前的约定,玉龙不得不执行家法砍下哈巴的头颅。玉龙含着眼泪慢慢地抽出十三柄宝剑，打算趁哈巴还在熟睡时，把他的头给砍下来。

与此同时，北方跑来了一个魔王。这个魔王打听到金沙姑娘要去东海寻找王子的消息，他知道月亮公主曾经送给金沙姑娘一条宝贝裙子，它可以在沿途撒下金珠玉粒，所以便特地赶来抢夺金沙姑娘的宝裙。可是金沙姑娘早就跑远了，魔王只好沿着她走过的路拾金珠捡玉粒。玉龙看到后非常愤怒，对着魔王大喝一声。魔王这时候也是满腹怒火，便大发雷霆，他们的吼叫声把哈巴给震醒了。哈巴知道是由于自己的疏忽放走了小妹，心里十分难过，便请大哥玉龙惩罚自己。玉龙看着哈巴，泪流满面地说："按照家法本当砍了你的头，但是，现在这个魔王跑来抢拾小妹撒下的珠宝，你去把他杀了，将功折罪吧！"

哈巴十分感动，便迅速地弯弓搭箭，一连射出了十二箭，这十二箭，每一箭都射中了魔王的身体，只可惜没有一箭能伤到魔王的致命之处。魔王更加愤怒了，他疯狂地挥舞着魔刀向哈巴扑了过去，哈巴也奋勇地迎战。他们你来我往，斗了几百个回合，由于哈巴在近身格斗中无法射箭，施展不了自己的特长，一个不留神被魔王一刀砍掉了脑袋。

玉龙亲眼看见自己的兄弟被魔王杀死，怒火中烧，迅速地拔出剑，与魔王大战起来。双方大战了三天三夜，玉龙砍坏了自己的十二柄宝剑，直到拔出第十三柄宝剑的时候才一剑把魔王刺死了。为了给弟弟哈巴报仇雪恨，他又将魔王的尸体砍成九十段。玉龙终于为弟弟报了仇，但一想到弟弟惨死的场面，玉龙的眼泪便哗哗地流了出来。

兄弟俩的情谊感动了天神，天神便把玉龙和哈巴都化成了高耸的雪山，他们中间的大峡谷，便是如今的虎跳峡。玉龙的脊背，变成了一堵万丈绝壁，矗立在金沙江东侧。他的十三柄宝剑，变成玉龙雪山的十三峰。玉龙的两行泪水，变成玉龙山东麓的白水和黑水两条河流，这两条河清澈透明，川流不息。哈巴用过的那十二张弓落下来，变成了金沙江西岸的二十四道弯，他箭筒里的箭散落了出来，变成了满山的林木。金沙姑娘走过的路变成了金沙江，在两座雪山峡谷中日夜奔流不息。

后来，美丽的金沙姑娘历经了无数的艰辛，终于到达了东海，并找到了东海王子，东海王子也很喜欢金沙姑娘，于是他们成了亲，从此过上了幸福快乐的生活。

品读赏析

在故事中我们见证了金沙姑娘对于爱情的执着和不畏艰险的精神,玉龙和哈巴兄弟的英勇和深厚的情意。故事选取性格迥异的人物,通过他们的经历成就了一段不朽的传奇。每当我们在金沙江畔眺望的时候,都会想起高耸的雪山和巨大的峡谷、奔腾的江水和万丈的绝壁,那段豪壮的传说成为人们心中永久美好的印记。

拓展延伸

金沙江

金沙江是中国长江的上游,流经云南高原西北部、川西南山地,到四川盆地西南部的宜宾接纳岷江为止,全长2308千米,流域面积49.05万平方千米。由于流经山高谷深的横断山区,水流湍急,向东南奔腾直下,至云南省玉龙纳西族自治县石鼓附近突然转向北,形成著名的虎跳峡,虎跳峡两岸山岭与江面高差达2500—4000米,是世界上最深的峡谷之一。

苗寨英雄 柯岩

现在的苗族人是从黄河边迁居到湘西苗山的。那时的湘西一片荒芜,还处在原始社会阶段,经常会有毒蛇猛兽和横行的妖魔鬼怪出没,四处伤害人类。尤其是居住在八魔岭的八个魔怪和住在禁龙塘里的孽龙,更是神通广大,常常吞云吐雾,喷洒病疫瘴气;还能呼风唤雨,以致江河经常泛滥,洪水暴涨,许多苗族人都艰难地生活在水深火热之中,恨透了这八个魔怪和孽龙。

一次,文殊菩萨骑着他的金狮从苗山上空飞过,看到八魔如此作恶人间,残害苗家百姓,便命坐骑金狮到苗山为苗家除魔灭怪。金狮听从文殊菩萨的命令,驾着彩云,飞到苗山,住到这里的金碧洞中。

那时苗家人从来没见过狮子,第一次见到金狮都吓了一跳,以为是另外一个怪物,便吓得连木楼也不敢出了。经过好长时间的观察,苗家人发现金狮不但不会伤害人和牲畜,相反,八魔岭上的八个魔怪都被它撵走了,孽龙也被锁到了禁龙塘里。金狮的到来解除了苗家人的所有祸患。苗家人开心极了。从此,各家各户都敬奉狮子,喜爱狮子。逢年过节时,便焚香点烛,搭彩敬酒,恭请金狮,增添吉祥。就这样,金狮顺理成章地成为了苗家人所敬奉的"神狮"。

苗家人的日子过得一天比一天幸福,被赶走的八魔怪见金狮留在苗山一直不走,很是气恼,便与禁龙塘里的孽龙商量对策,想方设法要把金狮撵走,好重新回到苗山享乐吃人,肆意妄为。禁龙塘里的孽龙也十分痛恨金狮,于是想出了个坏主意。八魔听了孽龙的主意后,欢喜得拍手连连叫好,决定按照孽龙

的计策去做。

一天，八魔中的幺魔变成一个笑罗汉，手拿红布扎成的绣球，来到了金碧洞口。金狮天生对球状的东西感兴趣，它一见绣球，便跳跃打滚，摇头摆尾，抖擞鬃毛，高兴地追来追去，玩耍起来。幺魔拿着绣球将金狮引到了河边，突然用力将绣球甩到了河里，金狮不顾一切，竖起鬃毛，瞪圆眼睛，一声长啸，四脚腾空，踏波踩浪，朝着绣球追去。滔天的波浪推着绣球，漂到了海里。绣球渐渐远去，金狮也乘兴追到了海里，忘记了要回到苗山。

> **阅读点睛**
>
> 对金狮的动作形态进行描写，表现出金狮已中了孽龙的计谋。

八魔见金狮追着绣球离苗山越来越远，知道他们的阴谋得逞了，便放声狞笑，欣喜若狂，鼻孔里喷着气，又回到了八魔岭。他们把孽龙从禁龙塘里放了出来，孽龙翻腾跳转，又重新开始危害人间了。

层层乌云又遮盖了苗山的上空，水深火热的苦难又开始了。

苗家百姓四处祭求金狮回来，到处奔走寻找金狮。但是哪里也不见金狮的踪影。

这时，有个人突然想到一件事，便对大家说："有一天，我看见一个笑罗汉耍着绣球，将金狮引到河边，并把绣球抛到了河里，金狮踏波踩浪，追着绣球到海里去了。"

大家立刻猜到一定是八魔岭的魔怪假扮成笑罗汉，把金狮引到海里去的。这时一个名叫柯岩的苗家小伙子站出来说："请大家不要担心，我到大海里把金狮引回来。"大家都为他的安全着想，不让他去，但他却说："如果金狮不回来，我们就再也无法在苗山安心居住下去了。不管大海多遥远，路上有怎样的妖魔鬼怪，我都不怕，我都要去，我会想出办法把金狮迎请回来的！"头人见他如此勇敢，而且意志坚定，便让大家为他准备足够的干粮，预

> **阅读点睛**
>
> 此处通过柯岩的话表现出他的勇敢和大义。

● 阅读点睛

　　排比的句式，表现出柯岩一路的风餐露宿和辛苦。

● 阅读点睛

　　山里流传的歌谣表现出翻越三座山峰的艰险，让读者为柯岩的安危担忧。

备草鞋，送他上了路。

　　于是，柯岩便背上行李，朝着太阳升起的方向头也不回地走去了。

　　柯岩一路上日夜兼程，匆匆赶路，渴了，就喝几口山泉水；饿了，就吃点儿带的干粮；累了，就躺在树下休息一会儿。就这样不知走了多少天，不知经过了多少山山水水，他到达了一个美丽宁静的小村寨，向村里人打听还有多远的路程才能够到达大海。

　　有个满头白发的老人对他说："苗家小伙子，我也不太清楚大海到底还有多远，我只知道它就在那遥远的天边。"柯岩满怀信心地说："谢谢您，老爷爷，为了我的族人，不管有多远，我都会一直走下去的，我相信总有一天会找到大海的。"

　　这位白胡子老人点了点头，捋了捋胡须，意味深长地对柯岩说："孩子，你说得对！但这条路上充满阻碍，要走到大海，首先要翻过三座山！我们这里流传着祖宗留下的说法，'头座钻天山，半截伸到天中间，哪个想过去，除非是神仙！二座老虎山，老虎坐山尖，哪个想过去，骨头嚼稀烂！三座蟒蛇山，天灯挂两盏，只见人过去，不见人回还！'"

　　老人说完，坐在一旁又自言自语地说："我从出生起到现在满头白发，还从来没有见过有人翻过这三座山，你别白白地送了性命，多可惜啊！"

　　柯岩绑紧脚上的草鞋，坚定地说："我一定要把金狮迎请回来，这样我们苗家人才能告别苦难。感谢老人家给我指路，就此告别了。"

　　柯岩继续赶路，走了三天三夜，来到了老人所说的钻天山。他抬头一看，只见古松高耸入天，到处都是悬崖峭壁，根本无路可寻。

聪明的柯岩站在悬崖峭壁的下面，仔细寻找，终于看见了一条窄小而弯曲的山路。他将长把弯刀从腰中的刀匣里抽出来，割来古藤编成绳索，再砍来茶树钩子捆在上面，制成了一条简易的钩索。然后他把茶树钩子用力地向岩石间的松树上甩去，钩子就牢牢地钩在了松树枝上。

柯岩顺着古藤的绳索，如猿猴般灵巧地向上爬去。不知爬了多少级的峭岩壁坎，甩了多少次茶树钩子，他只觉得越爬云雾越浓，越爬离青天越近，他渐渐感受到灿烂的阳光，有徐徐的凉风吹来。最后，他登上了钻天山的顶峰，站在了云层上面。

柯岩爬过座座高山，又来到了老虎山。在三里之外，柯岩就闻到了一股腥臭的气味，两里之内，传来了一阵阵虎啸声。他将长把弯刀从刀匣里抽出来，砍了一根硬木叉，又在木叉中间绑上一支用毒药煮过的毒箭，制成了一把打虎叉。他肩扛打虎叉，一步步向山顶爬去。

爬到半路，一只吊睛白额猛虎挡在了他的前面，好像是专门在那里等他一样。经过一阵激烈的战斗，柯岩打死了老虎，翻过了老虎山。

柯岩又来到了蟒蛇山下。这时，天已经黑下来了，柯岩担心天黑不好对付蟒蛇，便坐在蟒蛇山对面的山坡上休息，顺便仔细观察蟒蛇山。柯岩发现这是一座开裂的岩石山，一束红红的火焰在山的裂口处不断地跳跃着，两边点着两盏绿莹莹的"天灯"，有一百多级灰白色的岩石台阶从绝壁下直通山顶。整座山光秃秃的，没有一棵树。岩壁重叠而成，像鱼鳞碎片，上面盖满了焦黄的苔藓。

柯岩在对面山坡看着这稀奇的一切。忽然，山裂口的火焰熄灭了，绿莹莹的"天灯"也消失了。没过多久，整座山仿佛晃动了一下，接着火焰重新燃烧起来，"天灯"再次亮了起来。

柯岩忽然想到：这座稀奇古怪的山会不会是蟒蛇精变成的呢？于是他从背上取下弓来，抽出锋利的毒箭，瞄准岩壁上绿莹莹的"天灯"接连射了两箭。刹那间，"天灯"爆裂开来，火星四溅，漫天飞洒。接着"轰隆"一声巨响，岩壁崩塌开来，一条眼睛流着血的巨蟒不断地挣扎着，躺在柯岩站的山脚下。原来这座山真的是由蟒蛇精变成的！柯岩又接连射出几支毒箭，蟒蛇精身中数箭，在地上翻来覆去地打了几个滚,最后躺在地上死去了。

柯岩终于翻过了老人所说的三座山,又向前继续奔走了很多天。这一天,他终于来到了大海边。站在海边,望着一眼望不到边际的海岸线,柯岩犯难了,大海水天相连,一眼望不到边,怎样才能找到金狮呢?

他想,自己历尽艰辛才来到这里,就算把海水淘干了,也要把金狮找回来。于是,他扯住一把海草,用力地往岸上拉,边拉边大声喊:"海龙王你听着,金狮跑到海里来了,不晓得它现在正在哪里玩耍,我希望你能帮助我找到金狮,我和整个苗寨的人都会永远感谢你的。如果你不帮忙,我就把海水淘干。到时你的水晶宫就遭殃了。"

说完柯岩就不知疲倦地淘了几天几夜的水,没有休息片刻,后来惊动了海龙王。海龙王忙问海螺大将和鲤鱼宰相:"是什么人如此大胆?竟然在闹海!"海螺大将说:"是猎人柯岩在淘海寻找金狮。"海龙王听了事情的缘由后深受感动,便命海螺大将帮助柯岩寻找金狮。

海螺大将到岸边找到柯岩,让他站在海岸边装扮成笑罗汉,拿着龙宫珍珠绣球,只要听到海角吹响,就拿出珍珠绣球逗引金狮,柯岩答应了。当海角吹响时,金狮便从睡梦中惊醒,跃出海面,看到闪光的珍珠绣球,就踩着浪尖跳到岸上来了。

柯岩把金狮引回苗山以后,无恶不作的八个魔怪和那条孽龙,都吓得四处逃窜,再也不敢回来了。从此苗家人又过上了安定、幸福的生活。

品读赏析

英雄柯岩为了族人的安乐生活历经重重磨难。我们从中感悟到追求美好生活的道路并不是一帆风顺的,其间会有很多艰险,但只要我们不放弃,继续坚持,就一定会看到希望。柯岩正是抱着希望一路寻找金狮的故事的最后,我们看到了一个众望所归的结局,只要怀抱美好追求,付出的所有努力都是值得的。

📖 拓展延伸--

西江苗寨

西江苗寨,又名西江千户苗寨,由十余个依山而建的自然村寨相连成片,是目前中国乃至全世界最大的苗族聚居村寨。西江千户苗寨拥有深厚的苗族文化积淀,这里的苗族建筑、服饰、银饰、语言、饮食、传统习俗不但典型,而且保存较好。西江苗族过去穿长袍,包头巾头帕,颜色都是黑色的,故称"黑苗",也称"长裙苗"。

乌贼和狐狸

● 读书笔记

_____

_____

_____

_____

_____

_____

● 阅读点睛

狐狸给乌贼画了一张美好的"大饼",等着乌贼上钩。

　　古时候,在辽阔无边的大海里,乌贼们可以自由地游玩。每一只乌贼的身上都有一个墨囊,这是它们自卫的武器。当遇到敌人袭击的时候,乌贼就把墨囊一缩,放出许多墨汁,造成一片"烟幕";在"烟幕"的掩护下,它们就可以顺利地逃跑。可是,有一只乌贼很不安分,以为有了发达的墨囊,就可以把大海变成乌贼的天下。它集合了一小群乌贼,在海水里大放墨汁。海水被污染了,遮住了从海面上透进来的阳光,使海族同胞看不清方向。鱼类都很不高兴,纷纷批评乌贼滥放墨汁,并加以禁止。乌贼觉得在大海里生活太不自由了。于是,整天在浅海徘徊,想找一个更自由的天地。

　　这时,有一只狐狸,正蹲在礁石上,看到这种情景,表现出关心的样子说:"你到陆地上来吧!你看我在陆地上多么自由。这里有高山峻岭、花丛密林,你们到这里来,愿意干什么就干什么。"

　　"我的墨汁在陆地上可以随便放吗?"乌贼问。

　　"那当然,"狐狸回答,"陆地上有的是空气,空气可以变成风,风可以把墨汁吹到任何地方,这样普天下都能知

道乌贼的厉害了。"

"那我怎样才能到陆地上去呢？"

"等涨潮的时候，就有办法了。"

海水涨潮了。乌贼按照狐狸告诉它的方法，随着潮水向海岸游来。每当潮头涌来的时候，狐狸就向乌贼大喊："加油！"乌贼三游两游，就游到海滩上来了。海潮退下去，乌贼被抛在陆地上，再也游不动了。它着急地向狐狸喊道："朋友！我怎么不会动弹了？自由在哪里？"

● 阅读点睛

此处表现出乌贼上当受骗后的焦急，也显示出它的愚蠢。到此时，乌贼还没有明白自己上了狐狸的当。

狐狸装出研究问题的样子，在乌贼身边转了一圈儿，说道："嘿！这是怎么搞的？你的身体是软的，而且生了十只手。你要想在陆地上得到自由，还需要像我这样，长出四只脚来才行。"

"我怎样才能长出四只脚来呢？"乌贼焦急地问。

"到我的肚子里来吧，"狐狸暗暗高兴，"有了我的脚，你就不用重新长脚了。我用四只脚带着你跑，我自由了，你也就自由了。"说着，狐狸一口把乌贼吞到肚子里去了。

不考虑别人，总想着自己如何自由自在，这样的人最后自己也要倒霉。

品读赏析

只考虑自己，从不为别人设想的乌贼最后不仅没有得到更多的自由，反而为此丧了命。这个故事告诉我们，自由不是完全意义上的为所欲为，而是有权利拒绝做自己不想做的事情，乌贼是自私，不是追求自由。同时，我们也看到了乌贼的愚蠢，它听信狐狸的话，落得可悲可笑的下场，也警示我们要多听善意的劝告，不应被别人的花言巧语欺骗。

拓展延伸

乌贼为什么会"喷墨"？

故事里的乌贼很喜欢喷出黑墨，影响海水里其他生物的生活。其实，现实中，乌贼"喷墨"是为了自卫。乌贼体内的墨汁平时都贮存在肚中的墨囊里，遇到敌害侵袭时，它们会从墨囊喷出一股墨汁，把周围的海水染得墨黑，然后乘机逃之夭夭。而且乌贼的墨汁中含有毒素，可以用来麻痹敌人。储存这一腔墨汁需要很长时间，所以不到万不得已，它们是不会随意释放墨汁的。

马头琴的故事

据说,现在蒙古族的马头琴,最开始是由察哈尔草原上一位叫苏和的人发明的。

苏和从小由奶奶抚养长大,他们祖孙俩相依为命,靠着二十几只羊过了一年又一年。苏和每天早晚帮助奶奶做饭,白天出去放羊。苏和十七岁时,就已长成一副大人的模样了。他不仅非常勤劳勇敢,而且有一副天生的好嗓子,附近的牧民都非常喜欢听他唱歌。

一天,太阳落山已经很久了,天完全黑了下来。但苏和仍然没有回家,奶奶和邻近的牧民们都有些慌了。正在这时,苏和抱着一个毛茸茸的小东西走进了蒙古包。大家围过来一看,原来是一匹刚出生不久的小马驹。

大家惊讶地望着小马驹,苏和说道:"我在回来的路上,看到了这匹躺在地上直蹬腿的小马驹。也不知它的妈妈跑到什么地方去了,我怕天黑时它被狼吃掉,就把它抱回来了。"

在苏和的精心照料下,小马驹慢慢长大了。它变得浑身雪白,健壮又漂亮,每个见到它的人都夸它是一匹好马,苏和更是喜欢得不得了。

● 读书笔记

_____
_____
_____
_____
_____

● 阅读点睛

此处通过语言描写,表明了小马驹的来历以及苏和的善良有爱。

● 读书笔记

_____
_____
_____
_____
_____
_____
_____

一天夜里，一阵急促的马的嘶鸣声将正在睡梦中的苏和惊醒。他立刻听出是小白马的声音，便急忙爬起来，出门一看，只见小白马将一只大灰狼挡在了羊圈的外面，并不停地与它周旋。苏和用力地挥动着手中的套马杆，与小白马一起将大灰狼赶走了。当他看到浑身是汗的小白马时，才知道小白马与大灰狼已经斗争很长时间了。真是多亏了小白马，才保住了羊群。

苏和疼爱地擦去它满身的汗水，用手抚摩着小白马的脖子，像对亲人一样对它说："亲爱的小白马，我的好伙伴，我要好好谢谢你，如果没有你的话，羊早就被大灰狼叼走了，多亏了你呀！"

很快，小白马长成了一匹英姿飒爽、高大强健的大白马。这年的春天，一个好消息传遍了整个草原，原来王爷要在喇嘛庙前举行一个盛大的赛马大会，为女儿选一个英俊、勇敢、年轻的骑手做丈夫。

王爷命令草原上所有的骑手都要来参加这次赛马大会，尤其是年轻的骑手们，都要骑着自己最好的马来。如果有谁敢违抗命令不去参加，那么王爷就治谁的罪。

● 阅读点睛

这句排比句表现出骑手们争先恐后的样子和私心。

王爷的命令传出后，草原上的骑手们就立即行动起来了，每个人都想成为大会上的英雄。他们有的去练骑术，有的去挑选好马，还有的去偷偷地打听王爷女儿的长相如何，生怕自己马到成功以后，却要娶一个长相丑陋的女人为妻。

当消息传到苏和所在的草原时，邻近的朋友们便鼓励他说："你应该骑着白马去参加比赛。"于是，苏和便牵着他心爱的马出发了。他相信白马会在比赛中跑得第一名。

赛马会的场面热闹壮观，在无边的大草原上，人流涌

动,仿佛草原人民在欢度盛大的节日。来自草原各地的骑手们都骑着自己心爱的骏马,要在比赛中决出胜负。

在人们的欢呼声中比赛开始了,许许多多强悍的好骑手扬起了手中的皮鞭,催动自己的马向前飞奔。苏和与他的白马也在其中。苏和虽然没有那些骑手强悍,却显露出浑身的英武。他骑着自己心爱的白马,一开始就跑在行列的最前面。直到通过终点时,苏和仍然遥遥领先,骑手们都被苏和与他的白马远远地甩在了后面。苏和顺利地取得了第一名。

这时,看台上的王爷下令:"让骑白马的小伙子到台上来。"当苏和来到台上,王爷见夺得第一名的人既不是王室的公子,也不是牧主的儿子,只是草原上一个普普通通的穷小子,便只字不提招亲的事,反而无理地对苏和说:"原来是你夺得了第一名,你是个很棒的小伙子,很不错,这样吧,我给你三个大元宝,你把马给我留下,拿着钱赶快回你的蒙古包去吧!"

苏和听王爷这样一说,知道他非但不遵守诺言,而且想夺走他的马,便有些生气地说:"我是来赛马的,不是来卖马的。我不会要你的元宝。"他暗暗地想:你无论给我多少钱,我也不会把我心爱的白马卖给你。

> ◉ 阅读点睛
>
> 这段心理描写表现出苏和对白马的喜爱和不贪财的纯良品质。

王爷听到他的话十分气愤:"你一个穷牧民竟敢反抗我?来人啊,把这个穷小子给我狠狠地教训一顿。"话还没说完,王爷身边那群穷凶极恶的打手立即向苏和挥起皮鞭,狠狠地抽打起来,苏和被他们打得遍体鳞伤,很快便昏死过去。但凶狠的王爷仍然没有罢休,又命人把苏和从看台上扔了下去。之后还硬将白马拉走,威风凛凛地回王府去了。

善良的乡亲们将奄奄一息的苏和救回了家,经过奶奶无微不至的照料和十几天的休养，苏和的身体才渐渐地恢复了过来。一天夜里，苏和还没有入睡，忽然听到外面有敲门的声音。于是他便问了一声："外面是谁呀？"门还是响个不停，但却没有人回答。奶奶开门一看，不禁惊叫了起来："啊！是白马。"

苏和听到后马上跑了出来，他看到身中七八支箭的白马气喘吁吁地站在门外。苏和含着泪水咬紧牙齿，将白马身上的箭一一拔了出来。但白马由于伤势太重，还是在第二天死去了。

原来王爷将白马牵回王府养了几天后，便迫不及待地想骑上去威风一下，谁曾想被白马一下子掀了下来，之后白马便飞奔而去。气急败坏的王爷立刻命人放箭射杀它，瞬间，雨点儿般的箭射向了白马。虽然白马身上连中数箭，但它还是跑回了家，最终死在了亲爱的主人面前。

白马的死令苏和悲痛万分，使他几天来寝食难安。这一天，忧劳过度的苏和昏睡了过去，在梦中，他见到了日思夜想的白马。他抚摸着它，白马轻轻地对苏和说："主人，你若想让我永远都在你身边，为你解除寂寞的话，那就用我身上的筋骨做一把琴吧！"于是，苏和醒来后就用白马的筋和骨做成了一把琴，还把琴头雕刻成白马的头的样子，并为它起名儿叫"马头琴"。从此，马头琴就成为了草原上牧民们的慰藉。

品读赏析

苏和对白马的爱是单纯而深厚的，不计得失的，同样，白马对苏和的忠诚也令人感动。故事里正义最终没有战胜邪恶，渺小而软弱的人在实力强大的坏人面前显得无能为力。可故事让我们在接受现实的同时抱有一个关于人性的美好愿望，是男孩和白马之间的真挚感情，让马头琴的乐声更加悦耳。

拓展延伸

蒙古马

蒙古马处于半野生的生存状态,在狐狼出没的草原上风餐露宿,夏日忍受酷暑蚊虫,冬季能耐得住零下40摄氏度的严寒。蒙古马虽体形矮小,其貌不扬,但它在风霜雪雨的大草原上,没有失去雄悍的马性,它们头大颈短,体魄强健,胸宽鬃长,皮厚毛粗,能抵御西伯利亚暴雪;也能扬蹄踢碎狐狼的脑袋。

勇敢的奇尼

传说许多年前,在哀牢山的一个山寨里,有一位勇敢、善良、勤劳、英俊的哈尼族青年奇尼。他对父母非常孝顺。

一天,奇尼忙完农活走在回家的路上,突然,前边刮起了一阵旋风。转眼间,旋风消失了,出现了一个蓬头垢面的人,那个人躺在路边痛苦地呻吟着。

好心的奇尼忙扶起那个人,问道:"陌生人,地上有九十九条路,你不是走着来的;山里有九十九条河,你不是蹚着来的;旋风从什么地方把你带到这里来的呢?"那人装出一副可怜的样子说:"种田的兄弟呀,我是砍柴的樵夫,旋风把我卷起来,我记不清走了多少路,也分不清来到了什么地方,现在只觉得自己全身的骨架好像要散开一样。"说着又痛苦地呻吟起来。

心地善良的奇尼不忍心丢下他,便把他领回家中。奇尼拿水给他喝,做饭给他吃。天黑后,又让他睡在舒适的地方。

半夜,寒风吹进屋子,奇尼担心那个人会冷,便起床想去给他盖条被子。可是,奇尼来到那个人床前,却没有找到他。这时隔壁传来了响声,奇尼悄悄地走到窗边一看,顿时被屋内的情景惊呆了。原来,那个人变成了一个妖魔,蓝色的眼睛里闪着寒光,锋利的魔牙伸出嘴外,而自己的父母已经被它杀死了,血肉模糊地倒在地上。奇尼当时又怕又恨。他恨自己有眼无珠,引狼入室,竟然把妖魔领回了家,导致父母惨死。他气得咬牙切齿,但却因为自己赤手空拳,而毫无办法。

吃人的妖魔听到外面有动静,猜到是奇尼,于是向外走来。奇尼趁机藏到了一个大木盆底下。妖魔到处搜寻,都没有发现奇尼,便凶狠地骂道:"好小子,今天让你跑了,明天我一定会抓到你,把你吃下去!"

奇尼想,只有想办法先逃出去,才能为父母报仇。于是,他顶着大木盆悄悄地离开了家。走到红河边,奇尼把大木盆当作小船,在河中漂泊了三天三夜。这一天,大木盆终于靠了岸。他看到有一位老婆婆在河岸上伤心地哭泣。

奇尼走到老婆婆面前,亲切地对她说:"老人家,请不要再哭了,您的眼泪流到滔滔的河水中,感动了河水,使它不再往前流,形成了一个大大的旋涡呢。"

老婆婆听说有旋涡,便停住了哭声,问道:"在哪儿?旋涡在哪儿?"奇尼指给老婆婆看。果然河里有一个大大的旋涡,老婆婆好像发现了宝贝似的,紧紧地拉住奇尼的手说:"勇敢的年轻人,你可来了,我的女儿有救了。"说完,老婆婆擦干眼泪,向奇尼原原本本地讲起了昨天发生的事情。

原来,昨天中午,老婆婆和她的女儿正在地里搭豆架,突然,一阵旋风从远处刮来,旋风刮到她们面前便消失了,之后出现了一个小伙子。他来到老婆婆的面前说:"老人家,把你的女儿嫁给我吧!"老婆婆一看,觉得虽然这个小伙子长得年轻英俊,但不知他的为人如何,便对他说:"你要娶我的女儿可以,但首先要让我看看你的为人和本事。如果合我的心意,我自然会把女儿嫁给你的。"可是小伙子一听,马上翻了脸,说道:"你这不识抬举的老婆子,不管你答不答应,你的女儿都是我的。"说完,那个小伙子和她的女儿就消失不见了。

● 读书笔记

● 阅读点睛

通过老婆婆激动的语言和动作描写,让读者对奇尼如何帮助她们感到好奇。

老婆婆伤心得快要昏死过去。正在这时，她听到一个声音对她说："明天，你在河边等候，将会出现一个能救出你女儿的青年，他就是你将来的女婿。等到河里出现旋涡，你就叫他到旋涡的底下去取一把剑，这把剑能杀死那旋风妖魔，救回你的女儿。"

奇尼听完后就明白，这又是杀害他父母的那个旋风妖魔在作恶。于是他重新跳进大木盆，向河心飞快地划去。

木盆在旋涡中飞快地旋转，奇尼只觉得天旋地转，他一会儿被抛出水面，一会儿又沉入水底，这样沉沉浮浮了无数次，他终于来到了旋涡的下面，取出了一把光芒四射的宝剑。

奇尼带上宝剑便要去找妖魔报仇。临行前，老婆婆对他说："孩子，如果你见到一个左手心长着一颗黑痣的姑娘，那她便是我的女儿。"说完，又从手上取下一只龙头镯，交给奇尼说："见到我女儿时把这个交给她。"

辛苦跋涉许多天，奇尼来到了那座住着妖魔的大山中。妖魔远远地认出了他，想把他骗回家中杀掉，于是便变成了一个美女走到了他的面前，拿出一封信对他说："好心的大哥，请把这封信替我带回家，我的家就在山的另一面，我的家人会感谢你的。"奇尼心想，说不定老婆婆的女儿还在妖魔的家里，等我找到这女孩的家再找机会报仇吧！

奇尼于是接过信，便向山里走去。当他爬到山顶后，因为疲倦，便躺在一棵树下睡着了。睡梦中，一个老者给了他一条蜈蚣，说只要让妖魔吃下去便可以制伏妖魔。他醒来后，发现身边果然有一条蜈蚣，于是便把蜈蚣带在身上。

翻过山坡，奇尼看到山后有一个大院子，一位非常漂亮的姑娘从里面走出，当那姑娘伸手接信的时候，他看到姑娘的左手心有一颗明显的黑痣。他知道这是老婆婆的女儿，于是他拿出了老婆婆给他的龙头镯子。看到镯子，姑娘知道这是救自己的人，便和奇尼想好了杀死妖魔的办法。过了一天，妖魔回来了，它急着要杀死奇尼，但看到奇尼身上带着一把光芒四射的宝剑，就迟迟不敢动手，而让老婆婆的女儿去杀死奇尼。姑娘为了不让妖魔起疑心，便顺水推舟，假意答应了它，并很温柔地对它说道："今天我准备了些你喜欢吃的酒菜，特别是这盘喷香的炸蜈蚣，你一定会满意。"妖魔听后高兴地大口大口地吃着炸蜈蚣,不一会儿,就肚子疼得乱叫,满地打滚,原来奇尼带来的那只蜈蚣在妖魔的肚子里复活了,到处乱钻乱咬,使妖魔疼痛难忍。奇尼看到机会来了,上前一剑便刺死了妖魔。父母的仇报了,老婆婆的女儿获救了。奇尼带着姑娘回到家中,选了一个良辰吉日成了亲,从此他们过上了幸福的生活。

品读赏析

太善良敦厚的人,有时会因轻信他人而受骗,付出惨重的代价。这就要求我们要提高警惕,不可轻信陌生人。奇尼凭借自己的智慧和勇敢与美丽的姑娘里应外合杀死了妖怪,最终过上幸福快乐的生活。这个故事体现了古代劳动人民最朴实的愿望:生活平平淡淡、安居乐业。

拓展延伸

哀牢山

哀牢山,位于中国云南省南部,为云岭向南的延伸,是云贵高原和横断山脉的分界线,也是元江和阿墨江的分水岭,也是云贵高原气候的天然屏障。云岭南延分支,起于大理州南部,止于红河州南部,海拔一般2000米以上,海拔在3000米以上山峰有9座,主峰海拔3166米。

勇降三头妖

● 读书笔记

● 阅读点睛

此处伏笔,预示接下来可能要发生变故。

　　据传,裕固族本没有火,后来出现了一位英雄,是他为裕固族取来了火种,从此裕固族才有了火,过上了可以吃熟肉、可以取暖的生活。

　　为了保存火种,裕固族在不用火的时候,便捡回来一块很大很大的牛粪,将牛粪点燃,埋在灰中,等下次用火的时候,牛粪就可以当火种了。以此方法来使火种不熄灭。据说,火种一旦熄灭了,就必须到三头妖精那里去祈求火种,这是唯一能够得到火种的方法。然而掌管着火种的三头妖精凶暴残忍,它专门吃人肉、喝人血。

　　当时有一对新婚夫妇,男人到很远的地方打猎去了,要很久才能回来。他出门之前,再三叮嘱自己的妻子,在他不在的时候应该怎样做饭,怎样看家,怎样提防妖怪等等,可是他却唯独忘记了交代如何才能看好火种。

　　丈夫外出后,新媳妇一个人待在家中,感觉到非常孤独寂寞。这一天,她做完饭草草地吃了一口,天还没有黑,就躺在床上睡着了。

　　第二天做早饭的时候,她发现灶膛里的火早已熄灭了,顿时焦急万分,因为火对于他们而言是非常珍贵的圣物。这一天她都过得浑浑噩噩。到了傍晚的时候,她突然看到南山坡上冒出了一股青烟,她高兴极了,心想那里一定有火种,于是便立刻向着冒烟的地方赶了过去。

她跑呀跑呀,也不知道过了多久,当天已经完全黑了下来的时候她感到了恐惧,因为她必须找到火种,所以她只好继续向前走,最后,她来到了南山坡上。那里有一座房子,里面闪烁着点点火光。她喜出望外地跑了进去,见到了一位白发苍苍的老奶奶,她正在那里做着喷香的烤肉呢!

白发老奶奶抬头看到了她,显得特别高兴,便亲切地说:"孩子啊,天这么晚了,你怎么一个人跑到这儿来了呀?你从什么地方来,到我这里有什么事情吗?"

她觉得这位老奶奶非常和蔼可亲,便鼻子一酸,哭了起来,她对老奶奶说:"老奶奶,我的丈夫外出打猎去了,我却不小心把火种熄灭了。请您发发慈悲,分给我一点儿火种好吗?没有火种我便无法生活了!"

"唉,可怜的孩子,真是难为你了,天这么黑了,这火种可不好拿呀!不如这样吧,你把你的袍襟撑开,我给你把火种放好。用这个方法你就可以将火种带回家去了。"

于是,白发老奶奶就在她的袍襟上面先放上了一层灰,又放上了一层牛粪,之后才放上了火种。接着,又在上面放上一层牛粪,一层灰。"好了,可怜的孩子,不过以后你一定要小心,不要把它再弄灭了。"做完了所有的事情,白发老奶奶又再三地叮嘱了她一些保护火种的注意事项。

新媳妇得到了火种高兴极了,告别了老奶奶,她就急忙往家赶。一路上,火花边走边掉。到家后,她非常仔细地把火种保存了起来。但她万万没有想到,那个和蔼可亲的老奶奶竟是三头妖精变成的。

第三天,天刚黑下来,三头妖精便现出了原形,它骑着一只小花狗,按照新媳妇昨天一路落下来的火花的痕迹,来到了新媳妇的家。

新媳妇在自己家里看到了三头妖精,吓得魂飞魄散。三头妖精却笑着对她说:"别害怕,可怜的孩子,昨天晚上你还向我求火种来着,怎么现在你就不认识我了呢?把头伸过来让我摸摸。"新媳妇刚把头伸过去,三头妖精就一锥子刺入了她的脑袋,用木碗接了半碗血,边喝边说:"可怜的孩子,如果听我的话,

● 读书笔记

● 阅读点睛

这段描写，可以看出新媳妇被妖精折磨得很惨。

我可以饶你不死，你把脚伸过来让我摸摸。"新媳妇只好把脚伸了过去，三头妖精又一锥子扎进了她的脚心，用木碗接了半碗血，喂了它的小花狗。

三头妖精很得意，接着又对新媳妇说："可怜的孩子，你可真乖。你看我的小花狗多高兴啊！它觉得你的血非常好喝，你把另一只脚也伸过来吧！"

新媳妇此时已是剧痛难忍，再也不敢伸出那另外一只脚了。但此时三头妖精更凶了，它凶狠地对新媳妇说："可怜的孩子，要是你不听我的话，我就要你死。"新媳妇一听，非常害怕，便立刻把那只脚也伸了过去，三头妖精又是一锥子扎进去，接了半碗血，却泼在了地上，然后便骑上小花狗得意扬扬地走了。以后一连几天三头妖精都来喝新媳妇的血，就这样新媳妇一天比一天瘦弱了。过了一些日子，她的丈夫终于打猎回来了，一看原本美丽丰满的妻子几日间竟然变得骨瘦如柴，失去了人样，便觉得非常奇怪，于是问妻子究竟发生了什么事情。新媳妇非常惧怕三头妖精，所以不敢向丈夫说实话。在丈夫的一再追问下，新媳妇才将事情的经过详详细细地和丈夫说了一遍。丈夫听后，又是气愤又是难过，便决心要除掉这个十恶不赦的三头妖精。

一天，男人假装出去打猎，悄悄地躲藏在家附近，等待着妖精的出现，然后伏击它。三头妖精真的以为新媳妇的丈夫外出打猎去了，便兴高采烈地骑着小花狗来了。一进门，三头妖精就凶狠地对新媳妇说："听说你男人回来过了，现在你把脚伸过来，我要喝你的血。"就在此时，新媳妇的男人一箭射中了三头妖精中间的头。三头妖精惨叫了一声，带着余下的两个头逃走了。

过了几天，三头妖精又骑着它的小花狗来了，不过

这次它带上了弓和箭,要报那一箭之仇,并想杀死这夫妻俩。但新媳妇的丈夫早就做好了准备,他还没等妖精拉开弓,便先射出了一箭,这一箭又射中了三头妖精的另一个头。与此同时,三头妖精也射出了一箭,射中了男人的肩膀。

男人忍着疼痛,又射出一箭,三头妖精的第三个头也被射中了。三头妖精失去了三个头,便倒在了地上死去了。受了重伤的丈夫经过妻子精心照顾恢复了健康,他们又过上了平静而幸福的生活。

品读赏析

本则故事,让我们见识了妖怪的残忍和可怕,同时也引起我们思考。对于生活中那些可怕的恶人,如果善良的人都像新媳妇那样软弱怕事,就只能一直受恶人的荼毒。善良而正义的人应该懂得起身反抗,与邪恶的人斗争到底,才能争取来自己的权利和保障。

拓展延伸

中国古代神话中的火神

中国古代神话中的火神是祝融,他是神话传说中的古帝,以火施化,号赤帝,后人尊为火神。有人说祝融是古时三皇五帝中三皇之一。住在昆仑山的光明宫,是他传下火种,教人类使用火的方法。南海神也叫祝融,也有史书称其为祝赤,即祝融和赤帝的简称。其实祝融和赤帝是同一人,祝融本是火神,今天一旦发生火灾,人们仍然认为是祝融君降临。

山女伏旱魔

●阅读点睛

　　此处环境描写，表现出旱魔的肆虐和可怕，已经威胁到人们的生命和财产安全了。

●读书笔记

　　传说在远古的时候，丽江边出了一个性情残暴的旱魔，他计划着把大地上的山河烤焦，于是便一下子放出了八个太阳。从此天上就有了九个太阳，它们一个落了下去，另一个便升了起来，大地上只有白天，没有黑夜，到处都被太阳烤晒得直冒白烟。树木庄稼被晒干了，田地也被晒裂了，山泉枯竭了，江河湖泊也都快要干涸露底了，人和家畜就更不用提了，丽江之畔的纳西族人民正面临着被晒死、渴死的危险。

　　当地寨子里有位美丽的姑娘，她的名字叫英古，她既聪明又勤劳，无论下湖捕鱼，还是上山采伐；无论是在家中织麻，还是在田间种地，都是当地百里挑一的好手。她不忍心眼睁睁地看着父老乡亲们被晒死、被渴死，便立誓一定要去东海，请龙王来解救寨子里受苦受难的人们。于是她捉来许多水鸟，拔掉它们的羽毛亲手编织成了一件五光十色的遮阳衫披在身上，便直向着遥远的东海奔去。

　　跨过一道道沟，翻过一座座山，又蹚过了一条条河，英古终于来到了东海的边上，却只见大浪滔天，入海无门，怎样才能见到龙王呢？她在海边徘徊着，踌躇无奈之

时,她的嘴边情不自禁溜出一首动人的歌:

　　世间出旱魔哟,太阳似团火;
　　万物烤焦了哟,众生命难活;
　　东海碧波水哟,可以解干渴;
　　难得见龙王哟,焦愁闷心窝。

英古不停地唱着,那感人的歌声在海面上漂荡。这时恰巧龙王的三王子外出游玩,听到了英古的歌声,就变成了一个年轻英俊的小伙子,来到了英古的身边。两人一见钟情,便互道衷肠,诉说彼此的身世,畅快地交谈。最后,三王子送给了英古一枚避水戒指,并亲手把戒指戴在英古的手指上。

三王子又带着英古来到了龙宫,龙王和龙母都非常高兴,便准备择吉日为他们举行隆重的婚礼。但英古心中惦记家里的旱情和乡亲们,根本就没有心思现在成婚,便恳求龙王帮助她,先解救旱灾,然后再举行婚礼。龙王和旱魔之间早就有些个人恩怨,听了英古的诉说后,便怒发冲冠,马上命三王子携带万顷雨水,先陪英古回家乡救灾。

三王子让英古把眼睛闭上,挽着自己的胳膊。不一会儿,英古就感到自己的身体像一朵云彩似的飘了起来,紧接着耳边便传来一阵阵风声,时间不长,三王子便对她说:"英古,可以睁开你的眼睛了。"她刚刚睁开眼睛,便发现自己已经站在了家乡的土地上。

三王子观察了一下四周的情况,情不自禁地感叹道:"这里的旱情比我想象中的严重啊!可怜的人民真是受苦了啊!"语音未落便立刻施展法术,霎时乌云满天翻滚,雷声四起,顷刻间瓢泼大雨从天而降。

下雨啦!人们都从屋子里跑了出来,他们已经猜想到这一定是英古请来了救星。

大家在大雨中庆祝着,尽情地唱啊、跳啊,年长者便跪在地上磕头感恩,感谢降雨除旱、救苦救难的龙王。人们更加感谢英古姑娘,都围着她问长问短。英古姑娘用手指着在天空中飞舞行雨的三王子,告诉乡亲们说:"乡亲们,这是东海龙王派来的三王子,他来帮助我们了。"乡亲们知道了便都跪在大雨中,不住地向天上行雨的三王子磕头致谢。

◉ 阅读点睛

旱魔故意用激将法让三王子上当,表现出他的狡诈阴险。

◉ 阅读点睛

这里将雪龙吞吐太阳的情景描摹得十分生动,天上的月亮原来是被冻住的太阳,这种想象神奇而耐人寻味。

就在这时,阴险狠毒的旱魔看到了这一情景,便气得发起狂来,他咬牙切齿地飞到天空中与三王子打斗起来。只见三王子从嘴中喷出一股大水,恰如一根银色的长矛,直向旱魔刺去。旱魔招架不住,转身便逃。

旱魔退到一块空地上,在那里设下了陷阱。他转身激怒三王子说:"三王子,你小子敢过来吗?来来来,你要是敢过来的话,我就把你烧成一堆灰!"三王子不知是计,便冲过去了。忽然,轰隆一声,三王子落入了旱魔的陷阱之中。旱魔见三王子中了自己的圈套,得意地狂笑起来,并用巨石封住了出口,又令一只狮子和一头大象看守着出口。

英古看到心上人被旱魔关了起来,便披上遮阳衫,奋不顾身地去和旱魔搏斗。苦战了整整九天,英古用尽了最后一丝力气,倒在地上再也爬不起来了。

这时,善神刚好从这里经过,目睹了乡民们惨遭旱灾、东海三王子被困在旱魔的陷阱之中、英古英勇牺牲的情景,正义的善神便用雪造了一条矫健的雪龙去降旱魔。这条浑身雪白的长龙,腾云驾风,张开巨口,将旱魔放出的八个火太阳一个个吞进嘴里,将其全都冻住,然后雪龙又把七个冻住了的太阳吐在地上,只留了第八个冻住的太阳挂在空中,从此,天空中多了一个冷太阳,后来变成了现在的月亮。

紧接着,雪龙又与旱魔展开了一场激烈的大战。旱魔企图将雪龙融化掉,但雪龙识破了他的阴谋,一个龙跃便把旱魔牢牢地压在了自己的身下。后来,这条雪龙就变成了一座山峰,就是现在的玉龙山。

三王子被困在陷阱之中,当他得知英古的死讯后,悲痛万分,他拼尽全力,冲出了陷阱,把看守他的狮子和大象冲飞出去几十丈远。三王子为了能够永远与英古在一

起,便化成了一股清泉,围绕在英古身边,潺潺地流淌。这股清泉后来变成了丽江坝子纵横交错的沟渠。

善神把雪龙吐下的七个冷太阳,变成了七个光芒闪烁的星星,把它们镶在了英古的遮阳衫上,以此来表彰她的勤劳、勇敢和智慧。为了纪念英古姑娘,纳西族的姑娘们便仿照着英古姑娘那件镶有七星的遮阳衫,制成了精美的披肩,世代相传。

品读赏析

英古和三王子不惜牺牲自己解救旱灾之中的百姓,他们的勇敢、善良与奉献的精神为后世所传唱。我们不禁从中领悟到:为了正义和美好生活真心付出的人,终将被人们赞扬,他们的精神也会长久铭记于人们的心中。

拓展延伸

后羿射日的故事

传说尧的时候,天上有十个太阳同时出现,把土地烤焦了,庄稼都干枯了,一些怪禽猛兽,也都从干涸的江湖和火焰似的森林里跑出来,残害人民。于是天帝命令善于射箭的后羿去人间,解除人民的苦难。后羿带着天帝赐给他的红色弓和白色的箭,还有他的妻子嫦娥一起来到人间。后羿用自己的神箭除掉了九个太阳,在尧的劝阻下留下了最后一个太阳。于是人民也恢复了正常的生活。

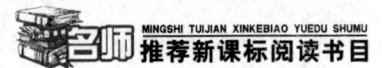

宫女图

从前,在沂山脚下有一个叫天台的孩子,他以砍柴为生,家中非常贫穷。一次天降大雨,连下了好几天,后来总算不下雨了,他赶快拿起斧头上山砍柴去了。

没想到他刚到山上又下起了大雨,因为惦记家中的母亲,他一不留神,手中的斧头掉到了地上。正在他捡斧头的时候,地上的一块大石头被挪开了,从里面出来了一位老婆婆。天台连忙说:"老婆婆,我因为惦记家中的母亲,所以一不留神没拿住斧头,没想到惊动了您。"老婆婆见这个孩子非常孝顺,便没有责怪他,还给了他一个蒲团。这个蒲团可真是一个宝物,它能大能小,而且可以带着人飞到任何一个地方。老婆婆告诉完天台这些后就回到她的屋子里去了。

天台看着蒲团,将信将疑地说了一声"大",只见蒲团真的变大了。天台坐了上去,说声"回家",蒲团便载着他飞回了家。到家后,天台又说了一声"小",蒲团就变小了。天台到家后和母亲说起了这件事,他们都很高兴,而他们的生活也一天天变好了。

一天,天台想出去看看,于是他就坐上蒲团来到了京城。这里可真热闹啊,天台这儿看看,那儿瞧瞧,最后他来到了皇城边上。天台一直在这里等到天黑,才坐着蒲团飞了进去。他来到了一间屋子的窗户旁,用手轻轻地捅开窗户上的绢布往里看,只见一个宫女站在屋里,宫女见了他,对他说:"你带我走吧,我一年四季都被关在这里,快闷死了,求求你带我走吧。"天台当然想带她走,但是皇宫里有那么多侍卫,而且这间屋子的门还锁着,怎么可能把她带走呢?这时宫女又说:"你只要把那张宫女图带走就能救我。"天台刚想问她宫女图在哪儿,就听见有侍卫的脚步声。那个宫女赶快藏了起来,天台也坐上蒲团飞到了空中。

  天台想了很久,最后决定去沂山找那位老婆婆帮他想办法。他来到沂山,敲开了大石头,然后对老婆婆说了这件事。老婆婆听完后说:"你去蒙山找白地仙,他住在一株有三丈高的茅草下,你只要一拉茅草就可以进到他的屋子里了。但他要是在睡觉,你可千万不要等他睡醒,因为他一睡就是一百二十年。你必须去红沙河,在那里找黑鱼娘娘,向她要一根神针,之后你用神针去扎白地仙,那样他就会醒过来了。"老婆婆说完就回去了。

  天台来到蒙山,按照老婆婆说的找到了三丈高的茅草。他拉了一下,就进了白地仙的屋,但是白地仙在睡觉。他又来到了红沙河,那里有很多黑鱼,他就开始用网捞黑鱼,不一会儿,只见河中出现了一个旋涡,天台立刻坐着蒲团飞到空中。黑鱼娘娘出来了,她对天台说:"只要你把我的子孙放了,无论你要什么我都会给你的。"天台说要神针。黑鱼娘娘马上将神针给了他。天台拿到那根神针后,就把黑鱼都放回了红沙河里。

  天台得到神针后,又来到白地仙的屋里,白地仙果然还在睡觉,他用神针在白地仙的胳膊上轻轻一扎,白地仙就醒过来了。天台对他说了自己的事,白地仙听完后对他说:"好吧,但是你要在我的床上睡觉,你睡醒后就知道怎么回事了。"说完白地仙把他往床上一推,他的头一挨到枕头就睡着了。

  天台梦到白地仙变成一只小白猫跑进了皇城,然后又趁皇帝和皇后都睡觉的时候,将皇后的玉带拿了出来,最后将玉带藏在了一口枯井里面……梦做到这儿,天台就醒了。

天台醒后,一下全明白了,立刻来到了京城,这时整座京城的人都在寻找皇后的玉带,大街小巷贴的都是皇榜。天台揭了一张皇榜,然后在侍卫的带领下见到皇帝。他对皇帝说了玉带在哪儿,皇帝立刻让侍卫去找,果然找到了玉带。皇帝和皇后非常高兴,便问他要做官还是要金银。天台说他只要那张宫女图,皇帝答应了他。

　　天台带着那张宫女图回到家,一进门,那张宫女图上的宫女就复活了,她就是那天天台见到的那个宫女。后来天台和那个宫女结了婚,幸福地生活在一起。

品读赏析

　　本则故事充满了奇幻的描写和天马行空的想象:能变大变小的蒲团载着人到处飞,各种行为奇异的神仙,藏在画里的宫女等等。这些神奇有趣的形象都能让读者在阅读的过程中充满对书中情节的幻想,饱含了人们对美好生活的期盼。

拓展延伸

古代的宫女如何离开皇宫?

　　古代的宫女从选中入宫的第一天起就犹如进入囹圄,失去人身自由,直到满25岁才被许出宫婚配。因病或别的原因提前出宫者,要经总管太监核查奏闻后方准出宫。有的宫女因为"帝后得用,仍留宫承伺十年",她们出宫后连正常婚配都很困难。也有例外,即被皇帝看中而升有品级的,那就要永远留在宫中了,但这是极少数的。

花木兰

从前,有个武艺高强的姑娘叫花木兰,她年轻漂亮,还有手好箭法。

一天,花木兰正在屋里织布,忽然听见外面有马蹄声。她走出屋子,只见一个军官从马上下来,递给她一份公文,说:"边疆正在打仗,可汗命令征兵,你们家有一个人的名字在公文上。"木兰翻开一看,爹爹的名字在上面。

花木兰回到屋里,左思右想:爹爹的年岁大了,弟弟还小,怎能随军打仗呢?这可怎么办呢?……花木兰一夜没有合眼,终于想出了一个办法。

第二天,花木兰上街买了一匹马,赶做了一身战袍,又剪了头发,装扮成小伙子,连父母和弟弟们都认不出她了。家人不忍心让木兰去打仗,可是也没别的办法,只好和木兰挥泪告别,于是花木兰随着大军到边疆打仗去了。

战场上的花木兰一点儿不比男儿差。她历经百战,挥汗流血,凭着她的机智、勇敢和超群的武艺,一次次立下了战功。

战争一打就是十二年,大军终于胜利归来,可汗亲自召见了花木兰,要封她做大官。但花木兰想念亲人,她谢过可汗,就和几个一起打仗的好伙伴回家乡了。父母听到木兰要归来的喜讯,高兴地来到村口迎接,弟弟们也都长大了,正在家里杀猪宰羊,准备犒劳凯旋的姐姐。

花木兰终于到家了,她回屋换上以前的青布衣裙,和她一起打仗的伙伴们看到后,都惊呆了。他们怎么也没有想到,和他们并肩作战十二年的花木兰竟是个漂亮的姑娘!

品读赏析

《木兰诗》是北朝时期的一首民歌。花木兰作为整个作品的核心,其身上的闪光点十分值得我们学习。在故事中,我们看到了一个巾帼不让须眉的女英雄形象。花木兰在战场上的骁勇表现是所有人有目共睹的。我们也从中懂得,即使是女子也一样可以为国家出力,为保卫我们的家园贡献自己的力量。

拓展延伸

乐府双璧

所谓"乐府双璧"是对中国古代乐府民歌《木兰诗》和《孔雀东南飞》的合称,二者是古乐府民歌中最负盛名的两大代表作。《木兰诗》又名《木兰辞》,是北朝民歌,讲述了巾帼英雄花木兰替父从军,并最终荣归故里的故事;《孔雀东南飞》又名《古诗为焦仲卿妻作》,取材于东汉献帝年间发生在庐江郡(今属安徽省)的一桩婚姻悲剧,讲述了刘兰芝和焦仲卿至死不渝的忠贞爱情故事。

情节档案

❋ 请仔细阅读《花木兰》,在横线上填写文章的脉络。

起　因:_____

经　过:_____

高　潮:_____

结　局:_____

智杀虎精

很久以前,有一个铁匠叫李铁。他虽然家境贫寒,却练就了一身好本领,并且心地善良,助危济贫,锄强扶弱。村民只要有事,他都会很热心地帮忙。

一年,村子里来了一只老虎精,每天都会到村子里吃人,毁坏庄稼、房屋,村民们苦不堪言。

看到村民们每天都生活在水深火热之中,李铁决定铲除老虎精。村民们听说后都来为他鼓劲儿,还带来了很多武器。李铁很感动,说:"大家放心,我一定会将老虎精铲除的。"

一天傍晚,李铁带着一块烧红的铁块去老虎精的山洞了。那只老虎精正在洞口睡觉,它的嘴边还躺着一头死猪,李铁偷偷地将烧红的铁块放到了猪的嘴里后,便用石头猛地砸向老虎精。老虎精醒了,但它没看见躲在树后的李铁,便张开大嘴一下就将那头猪吃了。不一会儿,它就张开大嘴,在地上打起了滚。李铁看准时机拿起箭向老虎精射去。箭射进了老虎精的肚子里,老虎精挣扎了几下就死了。

老虎精死了,村民们都很高兴,将李铁奉为他们的英雄,从此,他们又过上了平静的生活。

品读赏析

故事中的李铁在听说老虎精伤人的事情后,经过一番精心策划、准备杀掉老虎精。这个故事告诉我们两个道理:第一,任何时候都不能放弃做好事;第二,做事之前务必要好好准备,不可鲁莽行事。

拓展延伸

虎

虎,大型猫科肉食动物,体态雄伟,宽头大眼,嘴边长有黑白相间的胡须。全身毛色呈浅黄或棕黄色,背部有黑色的条纹,尾巴上有黑色环状条纹,眼睛上方有一个白色区,故有"吊睛白额虎"之称,额头上的黑纹极像汉字中的"王",因此虎也享有"山中之王"或"兽中之王"的称号。

红泉的故事

从前,在一座小村子里住着一对非常恩爱的夫妻。男的叫石囤,女的叫玉花,和他们在一起生活的还有石囤的后娘,她非常不喜欢玉花,尽管玉花对她非常好,但她还是经常无缘无故地打骂玉花。

玉花的日子非常难过,石囤也非常心疼玉花,最后石囤对玉花说:"我们一起走吧,到一个我后娘找不到的地方,我们一起过快乐的生活。"

于是两人连夜逃走了,他们走了很久很久,来到了一座不知道名字的大山,他们在大山里看到了一处山泉,山泉里的水是红色的,像海棠花一样鲜艳,还散发着香味儿。玉花蹲在泉边喝了一口泉水,她觉得泉水太好喝了,简直比蜜还甜。玉花喝完泉水后,两人又继续赶路了。

天黑的时候,两人来到了一个农舍的门口。石囤敲了敲门,一位老婆婆开门出来。石囤和玉花请求老婆婆让他们留宿一晚,好心的老婆婆同意了。晚上,玉花和老婆婆聊天时,知道老婆婆自己住在这里,孤苦伶仃的,于是玉花就将自己从家里逃出来的事情告诉了老婆婆,还把自己一路的所见所闻告诉了老婆婆,这其中自然包括她在红泉中喝水的事情。

老婆婆听完玉花的话后,叹了口气说:"你们非常恩爱,我真希望你们以后能过上幸福的生活,但是你喝的红泉里的水,其实是从红山上一棵大枫树的根里渗出来的。大枫树每到枫叶变红的时候都会变成一个红脸妖怪,之后它就要寻找喝过红泉水的漂亮女子,然后抢回去做自己的妻子。你长得这么漂亮,是

很难逃过去的。"

这时,玉花说:"不怕,无论什么都不能拆散我们。"

后来,石囲和玉花就在老婆婆家里住了下来,他们三个人非常和睦,就像一家人似的。但是有一天,不幸的事情发生了。深秋的一天晚上,一片红色的枫叶落在了老婆婆家的院子里,然后一个红脸红胡须的妖怪降落在院子里。妖怪向玉花一摆手,玉花就晕倒了,而当石囲赶到的时候,妖怪和玉花已经消失得无影无踪了。

● 阅读点睛

老婆婆之前的担心,变成了现实,玉花被红脸妖怪抓走了。这个情节的设置推动了故事的发展。

老婆婆伤心地哭了起来,石囲安慰她说:"没关系的,我现在就出发,一定要将玉花找回来。"说完他就带上尖刀、骑着马走了。

石囲找到那座山,但是却怎么也找不到那棵大枫树,于是石囲对马说:"无论如何我都要找到玉花,你帮帮我吧。"说完马就飞快地跑了起来。

原来妖怪把玉花藏在了一个山洞里,现在它正在劝说玉花嫁给它呢。但是无论它怎么说,玉花就是不答应。最后妖怪说:"你的丈夫不会来找你的,你就死心吧。"但是他刚说完这句话就看见石囲骑着马从山下上来了。妖怪非常生气,就对玉花说:"他要是能来到这儿,我就让他带你走。"说完他甩出一条腰带,只见腰带变成了一条很大的蟒蛇,一口就把石囲和马都吞下去了。

● 阅读点睛

红脸妖怪出手就是这样大的阵势,相比之下,石囲仅仅是个凡人。双方的实力相差悬殊。读者们不禁为石囲捏了一把汗。

石囲在蟒蛇的腹中非常难受,他就用尖刀使劲儿一划,于是他和马都从蟒蛇的肚子中掉了出来。再一看,哪里有蟒蛇啊?地上只有一条被划破了的腰带。

妖怪见石囲破了他的法术,就将玉花变得像石头一样,还把两个枕头变成了两个玉花,分别站在玉花的左右,然后就飞走了。当石囲看到三个"玉花"的时候,都不知道该怎么办了。他十分悲伤地说:"玉花,你看到我怎么不说句话呢?"玉花听到石囤的话非常想回答他,但是她的舌头已经变硬了,说不出话来,所以她只能流出两行眼泪。石囤就凭着这两行眼泪认出了玉花,于是石囤抱着玉花走出了山洞。

石囤抱着玉花正走着,红脸妖怪出现了。石囤并没有害怕,而是勇敢地用尖刀对着妖怪。没想到妖怪却对石囤说:"我被你们的真情感动了,我以后再也不抢别人的妻子了。"说完妖怪就变成了一棵大枫树,枫树那鲜红的枫叶上还挂着晶莹的露珠呢。当露珠落到玉花身上的时候,玉花就变回原来的样子了。

他们高兴地回到老婆婆那里,从此他们三个人在一起过着幸福快乐的生活。

品读赏析

虽然石囤和妻子因为红脸妖怪的红泉水暂时分离,但是他没有放弃寻找妻子。最后他们两人以忠贞不渝的爱情克服了妖怪设下的种种障碍得以团圆。其实,夫妻也好,朋友也罢,在关键时刻,只要团结一心朝着同一个方向不断努力,就会迸发出惊人的能量,让人摆脱困境。

拓展延伸

枫 树

枫树是一种高大乔木,树高可达40米,冠幅可达16米。枫树最引人注目的就是它红色的叶子。远远望去,整个枫林一片通红。枫叶色泽绚烂、形态别致优美,因此无论是在古代还是现代,以枫树为题材的艺术作品比比皆是。如唐代杜牧的《山行》中写道:"停车坐爱枫林晚,霜叶红于二月花。"这句脍炙人口的名句正是描写诗人途经红枫林时所见的景象。

龙角的由来

在很久以前，龙的头上没有角，而且它的地位就像马和牛一样，要给人们干活儿。那时候，公鸡是大地上地位最高的动物，它长着一对美丽的角。

突然有一年，大海中出现了一个凶猛残忍的怪物，它不仅在大海中横行霸道，而且袭击陆地上的动物和人类。大家都不知道该怎么办，只能任凭怪物胡作非为。

公鸡想去对付怪物，可是怪物生活在波涛汹涌的大海里，公鸡不会游泳。陆地上水性最好的是龙。于是，公鸡就去找龙，要它去除掉怪物。可是，龙除了会游泳之外，没有其他本领。公鸡就把自己的本领全教给了龙。龙学会了本领，决定去海里除掉怪物。

龙来到了海里，和怪物大战了几天几夜，怪物的头上长着一对角，怪物用这对角把龙打败了。龙回到陆地上说明了情况。公鸡决定把自己的角借给龙。龙戴着公鸡的角又来到海里，并用公鸡的角除掉了怪物，大家都很感激龙。

等龙回到陆地上的时候，公鸡的角已经牢牢地长在了龙的头上，而公鸡的头上因拔掉角而流的血已经凝固

◉ 阅读点睛

这一部分引出了两条线索：第一，角的持有者——公鸡；第二，海中出现了一个怪物。特别是怪物的出现，引出了矛盾冲突，为下文龙角的出现做好铺垫。

◉ 读书笔记

成了鲜红的鸡冠。龙已经不可能将角还给公鸡了,从此,龙就有角了。

品读赏析

虽不曾见过会兴水的龙,但我们认识到了它的勇猛;虽不曾见过头上长角的公鸡,但我们认识到了它的无私;虽不曾见过兴风作浪的海中妖怪,但我们认识到了它的胡作非为。天马行空的想象力和独具风格的创造力让这则故事变得更加生动、有趣。

拓展延伸

龙

龙是中国古代传说中的灵异神物,亦乃万兽之首。传说它有虎须鬣尾,身长若蛇,有鳞若鱼,有角仿鹿,有爪似鹰,能走,亦能飞,能吐水,能大能小,能隐能现,能翻江倒海,吞风吐雾,兴云降雨。龙是华夏民族最为重要的图腾,象征着吉祥。因此,龙的形象在中国传统文化中随处可见。例如:龙与凤凰、麒麟、龟一起并称"四瑞兽";与白虎、朱雀、玄武并称中国天文的四象。

牡丹仙子对抗武则天

武则天登基那天,正值冬季,她为了显示自己的权力与地位,便对百花下令:"立即开放,否则治罪!"百花仙子了解武则天的为人,敢怒而不敢言,却又不知如何是好,于是赶紧聚在一起商量应对的方法。

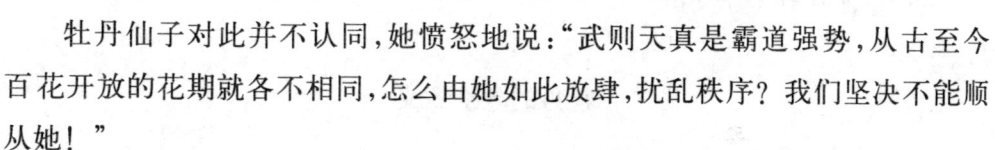

其中几位花仙子胆怯地说:"武则天那么厉害,我们还是提早开放吧!"

牡丹仙子对此并不认同,她愤怒地说:"武则天真是霸道强势,从古至今百花开放的花期就各不相同,怎么由她如此放肆,扰乱秩序?我们坚决不能顺从她!"

一些花仙子认为牡丹仙子说得颇有道理,但是却害怕武则天的暴行,纷纷劝说牡丹仙子:"牡丹姐姐,我们还是开放吧,不过就这一次而已,否则我们不会有好下场的。"

牡丹仙子仍然坚持己见,她说道:"姐妹们,只要我们坚持本心,留有傲骨,她又能将我们怎样?"

其他的仙子见牡丹仙子如此坚决,也就不再劝说她了。她们为了不被治罪,只好听从武则天的命令，全部开放，竭力争奇斗艳。武则天放眼望去，满园鲜花灿烂盛放，花朵在阳光的映衬下显得格外美丽，一阵微风吹过，花枝随风摇曳，仿佛一个个婀娜多姿的少女。

欣喜之余，武则天却发现只有牡丹毫不理睬她，它的枝杈上面还是一片光秃秃的。武则天见状十分生气，大声说："牡丹花，你真是大胆，竟然抗旨不遵！来人，焚烧所有的牡丹花，一株不留！"宫内牡丹尽毁，武则天又下令将牡丹仙子贬到了洛阳郊外。

一日，武则天带着众臣与宫女三百人浩浩荡荡地去郊游。武则天与众人来到洛阳郊外，见路边牡丹怒放，便呵斥道："昔日你抗我的圣旨，今日我身边绿叶三百衬我一枝红花，你怎么和我比？"牡丹闻言，马上瓣似皱褶。武则天见状悻悻而去。

品读赏析

牡丹仙子不畏强权，敢于同武则天对抗，虽然花被焚毁，但是天下的牡丹何其多，没有人可以烧得完，再见之时，牡丹的气魄仍未改。从这个小故事中我们明白，无论对方的力量多么强大，我们的力量多渺小，但只要我们坚持自己的气骨不动摇，就足以抗衡强大的对手。

拓展延伸

牡丹的象征意义

牡丹又名洛阳花、富贵花，被誉为花中之王。牡丹雍容大度，是吉祥富贵的象征。牡丹花开之时繁花似锦、绚丽灿烂，其美丽花姿让人为之倾倒，雍容典雅、富贵祥和的形象寓意国家繁荣昌盛、兴旺发达。人们对于牡丹的喜爱，还让牡丹成为中华民族的精神和优秀品格的象征，也成为美的化身，有纯洁与爱情的象征意义。

人物特写

✹ 请写一写,你对下面人物的理解。

姓名:牡丹仙子

特点1:_____
_____

特点2:_____
_____

姓名:武则天

特点1:_____
_____

特点2:_____
_____

宝筒

善良、勤劳的神射手雅丹住在五指山下。

一天,雅丹正在山上打猎,突然听见远处传来一阵凄惨的叫声。他匆忙向发出声音的地方跑了过去。原来发出惨叫声的是一只猴子,这只猴子正被一条大黑蛇缠在树上,那条蛇吐着长长的舌头,想要将猴子吃了。

雅丹见了,忙弯弓搭箭向大黑蛇射去,"嗖"的一声,正中蛇的七寸处。于是猴子得救了。猴子得救后,从树上跳下来对雅丹说:"是你救了我,为了感谢你,我就将这个宝筒送给你吧。"说完,猴子将一个闪着金光的宝筒放到了雅丹的手里。雅丹见了宝筒,急忙摇着手对猴子说:"我不能要你的东西,我救你不是为了这个,你还是把它拿回去吧。"可是猴子已经跳到树上去了,它对雅丹说:"你想要什么只要对宝筒说一声就可以了。"猴子说完就向森林深处去了。

雅丹拿着宝筒回到家后,想试试它究竟有多神奇,就对宝筒说:"我要四头牛。"他刚说完,面前就出现了四头牛。雅丹看着这四头牛,高兴极了。此后他经常用宝筒帮助穷苦的人们。

不久,雅丹得到宝筒的事情就传到了贪婪的洞主奥兀的耳朵里。奥兀马上派人找来雅丹,命令他将宝筒交出来。雅丹无奈,只好将宝筒给了奥兀。

奥兀得到宝筒后,马上就对宝筒喊道:"快给我一个漂亮的姑娘!"但是他的面前却什么也没有。于是他又大声地喊道:"我要千两黄金!"这次还是什么也没有出现。奥兀十分生气,于是他拿起刀将宝筒劈成了碎片,然后又将这些

碎片烧成灰烬扔到了外面。

雅丹听说后，来到奥兀家门前，看着灰烬伤心极了。突然，他发现那些灰烬变成了一块黑色的小石头，雅丹急忙将石头捡起来回家了。

第二天，雅丹带着那块黑色的小石头上山打猎，正巧遇见了也去山上打猎的奥兀。

雅丹来到山中，在山腰处碰到了一群鹿。他急忙俯下身，就在他准备射鹿时，只听"嗖"的一声，那块小石头一下就飞出去将十几只鹿都打死了，之后石头又飞回雅丹的手中。这些都被可恶的洞主奥兀看见了，他又将宝石从雅丹的手中夺走了。

奥兀得到宝石后带着手下人来到河边，见一群鹿正在河边喝水，于是他也学着雅丹的样子俯下身。果然宝石也飞了出去，但是它在将鹿都打倒后，将奥兀和他的手下也都打倒了。奥兀很生气，他拿起宝石将它扔进了河里。

雅丹跟在奥兀的后面，看见了刚才发生的一切。他匆忙跑到河边找宝石，在河边他看见了一条红鱼。他就问红鱼有没有看见宝石，红鱼说："我没看见。"于是雅丹顺着河流继续寻找，但是他遇见的鱼都说没有看见。最后，一只团鱼告诉雅丹："我看见红鱼将宝石吃了。"雅丹听了又去找红鱼，可是红鱼还是不承认。于是雅丹就将河水都淘干，将红鱼捉回家，养在了水缸里。从此以后，雅丹依然每天都上山打猎。奇怪的是，他每天回家后饭菜都已经准备好了。开始他还以为是邻居帮他做的，可当他问邻居的时候，邻居们都说没有。

一天，雅丹装作出去打猎的样子，却偷偷躲在了家门前的大树后面。过了一会儿，他悄悄走近窗户，向屋里看。他看见红鱼从水缸里跳出来，脱去鱼鳞衣变成了一个美

> **阅读点睛**
>
> 灰烬中的石头并不是故事的终点，它反而成为一个新故事的起点。此处在行文安排时，巧妙地运用承上启下的方式自然过渡到新的情节中去。

> **阅读点睛**
>
> 故事在这一部分采用了设置悬念的方法，在读者心中埋下疑问的种子：究竟是谁做的饭菜呢？

丽的姑娘。雅丹见了,忙冲进屋里拿起鱼鳞衣,说:"请你做我的妻子吧。"于是雅丹和红鱼姑娘结婚了。

这件事又被洞主奥兀知道了,他见红鱼姑娘长得漂亮就又起了歹心。他设计将雅丹骗到山上,在山上将其害死。红鱼姑娘知道这件事后,急忙跑到山上。她看见倒在血泊中的丈夫伤心地哭了起来。不知过了多长时间,一只山鼠要吃雅丹的肉,红鱼姑娘见了,随手捡起一块石头就将山鼠打死了。不一会儿,又来了一只山鼠,它用一块树皮将死去的山鼠盖上了,不一会儿那只死去的山鼠就活了过来。红鱼姑娘见了,急忙将那块神奇的树皮盖在了雅丹的身上,没多久雅丹就醒了。红鱼姑娘和雅丹高高兴兴地回家了。

奥兀见没有将雅丹害死,又想出了一条诡计,他让雅丹和自己去山上打猎,因为他已经事先在上山的路上挖了一个深坑。但是恶有恶报,最后竟然是他自己掉进那个深坑摔死了。从此,红鱼姑娘和善良的雅丹过上了幸福的生活。

◉ 阅读点睛

天无绝人之路,幸运的雅丹再一次验证了"奇迹总是会发生",故事在这里也到了尾声。值得注意的是,这种大团圆结局是中国民间故事中最为常用的情节设置,这也反映了人们对美好生活的向往。

◗ 品读赏析 ----

善良、勤劳的人总会有好报;贪婪、懒惰的人总会有受到惩罚的时候。这则民间故事以雅丹和奥兀洞主的所作所为分别当作正反方面的教材,将两人截然相反的结局进行一正一反的对比,向人们传达了做人要一心向善的思想。

📖 拓展延伸--

五指山

　　五指山坐落于海南省五指山市一带。五指山是海南岛的象征,也是中国名山之一。五指山位于海南岛中南部,峰峦起伏成锯齿状,形似五指,故得名。五指山区遍布热带原始森林,层层叠叠,逶迤不尽。五指山中的最高峰为同名主峰,山势非常险要,极难攀登。五指山的这五座山峰虽然看上去是分立的,但实际上却是山体相连。置身于峰峦,只见云雾从身边徐徐飘过,似置身在仙境中。

耕耘与收获

古时候,长梧的官员是一个既非常勤勉又十分善于诱导人的好官。他对待工作兢兢业业,毫不马虎;对百姓问寒问暖,关怀备至;对下属要求严格,一丝不苟。

有一天,他对子牢说:"处理公务不能马虎,治理民众不可轻率。从前我在乡下种地时,春耕的时候很随便,锄草的时候也很草率,庄稼就不好好地长,用随便的收成来回报我。第二年,我改变了工作方法,深耕细作、精心管理,不论白天还是夜晚,不管刮风还是下雨,我时刻关心着地里的情况。禾苗生长得很壮,庄稼也长得对得起我了。这一年我的收成非常好,打下的粮食多得吃不完。"

好收成是辛勤劳动的结果。不下功夫,不踏踏实实地做事,就不会有好的成绩。

品读赏析

正如文章结尾所说,踏踏实实地做事,才会有好成绩。长梧的官员以庄稼的劳作和收成之间的关系来比喻勤勉程度和治理地方成果之间的关系。这位官员的话不仅适用于做官,同样也适用于现代人的生活。我们对待工作和学习中的事情,如果脚踏实地去做,就一定会收到理想的效果。

📖 拓展延伸---

《庄子》

本文选自《庄子·杂篇·则阳》。《庄子》又名《南华经》,是道家经文。庄子的文章,想象奇幻,构思巧妙,有着多彩的思想世界和文学意境,善用寓言和比喻,文笔汪洋恣肆,具有浪漫主义的艺术风格,瑰丽诡谲,意出尘外。《庄子》与《易经》《黄帝四经》《老子》《论语》,共为中华民族的几部源头性经籍,它们不仅是道德与文化的重要载体,还是古代圣哲修身明德、体道悟道、天人合一后的智慧结晶。

马莲花

● 读书笔记

———————————
———————————
———————————
———————————

● 阅读点睛

此处运用语言描写,将马郎送给小兰的这朵马莲花具有的神奇之处展现出来。

从前有个王老汉,他有一对双胞胎女儿,一个叫大兰,另一个叫小兰。

这天,王老汉上山砍柴,看见了一朵马莲花。

这时,一个叫马郎的小伙子摘下那朵马莲花,递给王老汉说:"大伯,请您把这朵花送给那个愿意嫁给我的姑娘。"

王老汉回到家,对两个女儿说了这件事。大兰不愿意,于是小兰便和马郎结了婚。

自从小兰嫁到马郎家,生活过得十分安稳。一天晚上,小兰对马郎说想回家探望亲人,马郎答应了。

第二天一早,他把小兰送到村头小河边。分手时,他把一朵马莲花戴到小兰的头上,叮嘱道:"这不是普通的花,我教你一个口诀,你有困难时,它会帮助你的。"小兰快到家时,念起了口诀:"马莲花,马莲花,风吹雨打都不怕。勤劳的人儿在说话,请你马上就开花,送我礼物好回家。"果然,一眨眼,小兰就有了一大篮礼物。小兰挎起篮子高高兴兴地向家里走去。谁知这一切都被躲在树后的独眼老猫看见了,它想把马莲花弄到手。

小兰回家后，乐坏了老父亲。大兰见妹妹和马郎的日子过得很幸福，妒忌得眼都红了。跟踪而来的老猫见此情景便向大兰说了马莲花的秘密，于是大兰和老猫开始商量着怎么把它弄到手。

第三天，小兰要走了。大兰装作舍不得妹妹的样子，要为她送行。

到了河边，大兰趁小兰不注意，一把将小兰推下河去，并抢走了小兰头上的马莲花。

大兰冒充小兰带着老猫来到了马郎的身边，但马郎却发觉自"小兰"从家回来后就像变了一个人似的，家里家外一点儿事也不做。一天，他再也忍耐不住了，便趁大兰和老猫熟睡的时候，把马莲花拿到手里，念完口诀说："小兰在哪里？"

话音刚落，小兰就站在了马郎的面前。这时，老猫和大兰都醒了，见事情败露，慌忙逃走了。

从此，马郎和小兰过着更加快乐、幸福的生活，而美丽的马莲花依旧为勤劳、善良的人开放着。

> **阅读点睛**
>
> 这部分内容向读者们展现了一个心术不正的老猫和因妒生恨的姐姐形象，为下文埋下了伏笔。

品读赏析

马莲花神马郎和小兰这对命中注定的恋人的相爱之路并非一帆风顺，而是一波三折。这说明美好的爱情常常会遭遇困境，这是对爱情的考验。如果我们坚定信念，就一定会通过考验，最终和自己爱的人相守在一起。马莲花的故事正是告诉我们这个道理。

拓展延伸

马莲花

马莲花，又名马蔺，鸢尾科、鸢尾属植物；多年生密丛草本。根状茎粗壮，木质，斜伸，外包有大量致密的红紫色的纤维；须根粗而长，黄白色，少分枝。花大新奇，花色绚丽，鲜艳夺目。花有蓝、白、黄、雪青等色。马莲花在我国有2000多年的栽培历史，目前欧、亚、非3洲均有分布，品种极多，难以计数。马莲花喜阳光，适栽于背风砂质土壤中。

闹鬼的书院

从前有一个书院，人们都说里面闹鬼，没有人敢踏进那个书院半步。

有一年，一个姓李的书生上京赶考，因没钱住店，就想要住在那个书院里。但是一位老人告诉他："年轻人，那书院可住不得呀，大家都说那里面闹鬼，恐怖极了，你还是找其他的地方投宿吧。"

书生微笑着说："老人家，我向来不相信鬼神之说。就算有鬼，我内心坦荡，鬼又能奈我如何呢？您就放心吧！"

老人家见书生如此坚定，也就不再劝说他，只好摇了摇头无奈地离开了。

书生住进去的第一天夜里，便听见房顶上有脚步声，可他并不害怕，还是继续看书。第二天夜里，书生也听见房顶上一阵窸窸窣窣的脚步声，但是什么事情都没有发生。接连几天夜里，书生除了听见奇怪的脚步声，并没有见到百姓们口中说的"鬼"。就这样，书生一直安全地在书院住到考试结束。

百姓们见书生住了这么长时间都没事，都十分好奇，就在白天壮着胆子走进了书院。可是进去不久，人们就听到屋顶上传来了脚步声，开始人们

都很害怕,后来他们壮着胆子仔细一看才发现,这些声响是房顶上的老鼠走路时发出来的。这时候人们才恍然大悟:原来这个书院并不闹鬼。

谜底揭开后,百姓们都称赞这个姓李的书生是个有胆识的人。

品读赏析

世界上只有一个地方有鬼,那就在人的心里。《闹鬼的书院》这个短小的故事告诉我们,当谣言流传时,不要盲目听信,而是要用科学的眼光去看待事物。如果我们能做到这一点,那么一切谣言都将会不攻自破了。

拓展延伸

东方书院里的"人鬼情未了"——《倩女幽魂》

《倩女幽魂》是由香港著名导演程小东执导,于1987年上映的港产影片。故事根据《聊斋志异》中《聂小倩》改编。电影讲述了书生宁采臣到兰若寺躲雨,被少女聂小倩美妙琴音吸引,两人自此交往甚密。不料小倩乃树精姥姥所操纵的女鬼,正在寻找壮男吸取阳精。剑客燕赤霞义助宁采臣对付树精姥姥,并促成宁采臣和小倩这对人鬼恋人。导演运用当时最先进的电影特技,使得《倩女幽魂》从影片内容到形式都达到了极致。

亡羊

古时候,有两个以做事不专心而出名的人,一个叫臧,一个叫谷。两个人做事都非常不认真,能搪塞的就搪塞,能应付的就应付。因此,大家对他们都避而远之,谁也不敢用他们干什么。一次,臧和谷二人一起去放羊,他们两个人把羊赶到山上,找了片有水、有草的坡地,便让羊自由自在地奔跑吃草。最后,两个人把羊全都弄丢了。

主人就问了:"臧在干什么?"谷回答说:"他找了个阳光充足的地方,边晒太阳,边手执竹简在读书。"又问:"谷在干什么?"臧回答说:"他看羊群好好地在坡上吃草,就找人一起掷骰子玩去了。"主人气得大发雷霆,但也无济于事,只好把他们都辞退了。

这两个人所做的事不同,却同样都丢失了羊。

做任何事情都要专心,干好分内的工作,应尽职尽责,一心二用、三心二意只会一事无成。

◎ 读书笔记

◎ 阅读点睛

此处运用语言描写,利用主人和臧、谷二人的对话表现出臧、谷二人做事情不专心,三心二意的情景。

品读赏析

正如文中结尾所言,做事必须一心一意,专心致志。否则就会导致相反的结果。就像故事中提到的那两个放羊人,他们因为不认真不仅把羊给丢了,还被主人辞退,丢了工作。这则故事就是在告诉人们,生活中首先要做好分内之事,干好本职工作。否则的话,将一事无成。

拓展延伸

骰 子

骰子是许多娱乐活动必不可少的工具之一。最常见的骰子是六面骰,它是一个正方体,上面分别有一到六个点(或数字),其相对两面的数字和必为七。中国的骰子习惯在一点和四点漆上红色。相传,骰子的发明人是三国时代的文学家曹植,最初用作占卜的工具,后来才演变成后宫嫔妃的游戏工具,掷骰子点数赌酒或赌丝绸香袋等物。当时骰子的点穴上涂的是黑色,到唐代才增加描红。

神奇的红石榴

从前,在一个贫穷的山村里住着一对孤苦无依的兄弟,他们住在四处透风的房子里,身上穿着破了洞的单衣,常常食不果腹。除了他们自己,家里就只剩下一头老黄牛和老黄牛身上的一只牛虻了。

善良的弟弟把老黄牛照料得很好,但有一天,哥哥突然提出了分家。弟弟不想和哥哥分开,而且家里这么穷,也没什么可分的呀!见弟弟不答话,哥哥又百般劝说。弟弟只好同意了。但家究竟怎么个分法呢?哥哥自有主意。

"我们一起来拉牛,它跟谁走就归谁,怎么样?"见弟弟没有反对,哥哥又趁机说:"我是哥哥,所以我得在前面拉。"弟弟当然明白他的用意,但又不想和他争,就任由他将牛拉走了。

为了表示所谓的公平,那只小牛虻便归了弟弟。可不幸的是,就连这唯一的伙伴也离开了他,在他去舅舅家串门的时候,小牛虻被舅舅家的小公鸡吃掉了。舅舅看他那么伤心,便将那只公鸡给了他。

可好景不长,在一个大雪纷飞的冬夜,弟弟住的那间简陋的草房再也支撑不住,倒了。弟弟只好抱着小公鸡到

◉ 阅读点睛

这句话形象生动地将两兄弟家徒四壁的情形描述出来,让读者对家中的贫穷程度有了更为直观的了解。

◉ 阅读点睛

这段话体现出兄弟俩截然相反的性格特征——哥哥狡猾贪婪,而弟弟却很懂谦让。这两种性格为下文情节的发展埋下伏笔。

● 阅读点睛

此处对小狗耕田情形的描述意在表明，可怜的弟弟并没有被命运抛弃，他的生活在这只小黄狗的帮助下似乎有了一些转机。

● 阅读点睛

见小黄狗不干活，哥哥便将其活活打死。可见哥哥性格中阴狠、残忍的一面。

一位老伯伯家去借宿，谁知小公鸡却被老伯伯家的小黄狗给吃掉了。弟弟伤心极了，在老伯伯的安慰下，他带着小黄狗离开了。

弟弟与小黄狗相依为命，生活越来越艰难。原来有老黄牛的时候，他还能种几亩薄田勉强填饱肚子，可现在呢！小黄狗似乎看出了主人的心思，它用嘴咬着弟弟的裤腿向田里走，弟弟不明白它的意思，但还是跟着它去了。来到地里，弟弟意外地发现，这只小黄狗竟然会耕田，而且耕得又快又好。

就这样，弟弟与小黄狗开始一同辛勤地劳作。不料，这个消息却被狠心的哥哥知道了。他装作悔过的样子来到弟弟家，说："以前是我不对，我不应该对你那么不公平，现在我决定补偿你，把老黄牛给你吧，你把小黄狗给我就行了！"弟弟知道他不是真心悔过，但又没有办法，只好让他把小黄狗带走了。

一回到家，哥哥就迫不及待地赶着小黄狗下地了，可小黄狗很有灵性，它知道哥哥不是好人，所以坚决不肯工作，任凭哥哥怎样呵斥，它都不肯挪动半步。恼羞成怒的哥哥竟然将可怜的小黄狗打死了。

当弟弟赶来的时候，只看到遍体鳞伤的小黄狗躺在地上，一动也不动。他流着眼泪将小黄狗安葬在郊外的一块空地上，并在它的坟墓旁栽了一株石榴树。弟弟就像对待小黄狗一样精心地照料着石榴树，不久，石榴树上就结出了丰硕的果实。

弟弟小心地摘下了一个石榴，谁知大石榴竟然在他手上裂开，并变成了一幢漂亮的大房子，弟弟十分高兴。他一想，村里其他人家的房子也都摇摇欲坠了。于是，他想把这些神奇的石榴分给所有穷苦的人，但那个贪心的哥哥却不同意,这一次,弟弟没有听哥哥的话,仍然坚持着。见弟弟如此坚持,哥哥便在这天夜里将树上所有的石榴都偷走了。

哥哥回到家里,迫不及待地掰开了所有的石榴,但石榴中并没有出现他想象中的大屋和财宝,取而代之的却是之前的小牛虻、小公鸡和小黄狗。它们一齐向哥哥冲过去,叮他、啄他、咬他,哥哥又气又急又疼,一下子晕了过去。

这些神奇的小东西见恶人得到了应有的惩罚,就回到它们善良的主人身边去了。在它们的帮助下,弟弟和村子里的其他人都过上了幸福的生活。

品读赏析

常言道:"善有善报,恶有恶报。"故事中的两兄弟的两种截然不同的性格就恰好准确无误地印证了这句话的正确性:一个是自私自利的哥哥得到了恶报;一个是善良勤劳的弟弟得到了善报。故事中没有过多说理性的文字,而是将民间向善的价值取向与故事的趣味性巧妙结合,让读者在故事中就直接领会其所要表达的意思。

拓展延伸

石 榴

石榴是落叶灌木或小乔木,在热带是常绿树。通常人们口中所说的"石榴"指的是石榴树的果实。中国栽培石榴的历史,可上溯至汉代,据陆玑记载是张骞从西域引入。中国南北都有栽培,以江苏、河南等地种植面积较大,并培育出一些较优质的品种。中国传统文化视石榴为吉祥物,视它为多子多福的象征。

黛羽公主

○ 阅读点睛

> 故事在一开始就引出两个主角,并将他们的性格交代清楚,以便后文情节的展开。

　　森林里的百鸟王有一群可爱的孩子,其中八哥公主和孔雀王子是最懂事的,他们两个总是形影不离,一起帮父母做家务。那时候,八哥和孔雀的羽毛还不是现在这样,他们都有着金黄色的漂亮羽毛。

　　一天,百鸟王把儿女们都叫到身边说:"孩子们,你们都一天天地长大了,父王我也一天天地老了。现在,你们每个都可以从我这里或者得到一样宝物,或者学到一样本领。"

　　百鸟王的儿女们依次走到父王和母后身边,有的领取一样宝物,有的学一样本领。老鹰学会了捕兽,鱼鹰学会了捕鱼,百灵鸟得到了一副好嗓子……最后,百鸟王只剩下一样宝物、一样绝技和一件灰色衣裙。那件宝物是宝石般的羽衣,那样绝技是善讲人言的本领,而没有得到宝物或绝技的只剩下八哥公主和孔雀王子了。

○ 阅读点睛

> 百鸟王提出的条件强化了对兄妹二人的考验,同时也让选择的取舍变得艰难起来。

　　百鸟王对孔雀王子和八哥公主说:"孩子们,谁要是得到宝石羽衣,谁就可以继承我的王位;谁要是学到讲人言的本领,谁就能担任鸟类和人类交往的使者。但是,学到讲人言本领的那个却只能披件灰衣服了。"

孔雀王子和八哥公主为难了,谁先挑呢?公主和王子开始谦让起来。

八哥公主说:"哥哥,你先挑吧!"

孔雀王子说:"不,妹妹,你先挑吧!"

八哥公主想了想说:"好的!"她绕过宝石羽衣,拿起那件根本称不上是宝物的灰色衣裙披在身上。灰色衣裙立刻变成了灰色的羽毛,百鸟们都惊呆了。

孔雀王子冲过去抓着八哥公主说:"我的好妹妹,这件宝石羽衣本该是你的呀,你为什么不要呢?"

八哥公主说:"哥,你的本事比我大,应该继承父亲的王位,当百鸟之王。"

不久,百鸟王死了,孔雀王子继承王位,当上了百鸟王,而八哥公主则去担任人与鸟之间交往的使者了。八哥公主非常喜欢自己的新职务,也做得非常好,人和鸟都很喜欢她。

品读赏析

这则故事将动物拟人化,以人类的口吻将神奇的故事向我们娓娓道来。八哥公主一开始就以懂事、孝顺的形象出场。然而这并不是她身上唯一耀眼的闪光点,更为重要的是,八哥公主在自己占有充分选择优势的前提下,仍然想着要把最好的东西留给别人。这种懂得给予、分享、谦让的品德值得我们每一个人学习和深思。

拓展延伸

八 哥

八哥,为鸟纲雀形目椋鸟科八哥属。额羽甚多,延长而竖立,与头顶尖长羽毛形成"巾帻";头侧或完全披羽,或局部裸出。两性相似。常见的八哥通体黑色,嘴基上羽额耸立,形成"羽帻";头顶、颊、枕和耳羽具绿色金属光泽;上体余部沾褐;初级飞羽基部和初级覆羽先端白色,形成大型白色翼斑;尾羽黑色,除中央尾羽外,均具白端。下体灰黑色,尾下覆羽黑而具白端。八哥是中国南方常见的鸟类。

葫芦娃

● 阅读点睛

和《葫芦兄弟》相似,故事在一开头引出了两个角色:"爷爷"一样的人物——春姐,以及"穿山甲"一样的燕子。表现了春姐善良、质朴的性格特征。

● 阅读点睛

这一部分充分运用语言、动作和神态描写,将葫芦娃寻找春姐时焦急的样子生动地表现了出来。

从前有位老妈妈,她有一个女儿,叫春姐。春姐不但生得美丽,而且心地善良。

一年春天,春姐正在院子里织布,一只翅膀受伤的小燕子从树上掉了下来,春姐赶紧给小燕子包扎伤口。在春姐的精心照料下,小燕子的伤很快就好了,又能自由地在空中飞翔了。

第二天,小燕子又飞回来了,口中含着一粒金黄的葫芦籽。春姐高兴地种下葫芦籽。没几天,葫芦籽就发芽了,最后还结出了一个金黄金黄的大葫芦。一天,葫芦"啪"地裂开了,跳出来一个白白嫩嫩的小娃娃,他扎着朝天辫、穿着红肚兜,春姐和老妈妈高兴极了,给他取名叫葫芦娃。

葫芦娃能唱会跳,小嘴儿甜得像吃了蜜糖一样,乖巧得让春姐总是笑眯眯的。

这一天,春姐突然被一阵黑风刮得不知去向。老妈妈哭着四处寻找,眼睛都哭肿了,可还是找不到春姐。葫芦娃也焦急地四处寻找,他翻过高高的大山,渡过宽宽的大河,一路上四处打听春姐的消息。一天,他经过一片灿烂

的花海，一只美丽的蝴蝶叫住了他："葫芦娃，西北面有座聚宝山，山上有个绿脸的大妖怪，春姐被他抓去了，你快去救她吧！"

葫芦娃一听，飞快地向聚宝山跑去。

葫芦娃历尽艰辛，终于来到了聚宝山，他站在绿脸妖怪住的房子前，大声喊道："绿脸妖怪，你这个大坏蛋，快出来！"绿脸妖怪一听，跑出门外，大声喊道："谁？谁呀！"可找了一圈儿，连个人影都没看见。正当他打算回屋时，葫芦娃又笑嘻嘻地喊："嘿，大妖怪，我就在你的脚边呢！"

妖怪低头一看，立刻轻蔑地说："原来是你这个小玩意儿，看我不把你踩成肉饼！"说着就踩了下去，却一脚踩在了葫芦娃事先放好的一堆荆棘上，痛得他抱着脚哇哇大叫。葫芦娃笑得上气不接下气，说："哎呀，傻妖怪，我在房梁上呢！"妖怪被气疯了，对着支撑房子的柱子就是一拳。柱子倒了，房子塌了，妖怪被砸死了。葫芦娃呢？他早藏到石缝里去了。于是，春姐得救了，她和葫芦娃高高兴兴地回家了。

◎ 读书笔记

◎ 阅读点睛

这一部分描写了葫芦娃智斗绿脸怪的情节，表现出葫芦娃机智、勇敢的特点。

品读赏析

这则故事中的葫芦娃独自一人和妖怪斗智斗勇。在双方实力相差悬殊，并且在自己这一方单打独斗的情况下，葫芦娃采用智取的办法救出春姐。可以看出，葫芦娃为人不仅有情有义，而且还有勇有谋。这则故事在行文叙事的过程中，充分运用语言、外貌和动作等方面的描写，向我们展示了一个可爱、机智的葫芦娃形象。

拓展延伸

葫 芦

葫芦是一种爬藤植物，一年生攀缘草本，有软毛，夏秋开白色花，雌雄同株。葫芦喜欢温暖、避风的环境，种植时需要很多空间。幼苗怕冻。新鲜的葫芦皮嫩绿，果肉白色，果实也被称为葫芦，可以在未成熟的时候收割作为蔬菜食用。葫芦藤蔓的长短，叶片、花朵的大小，果实的大小形状各不相同。

干将莫邪铸剑

楚国有擅长铸剑的工匠,叫干将,他的妻子叫莫邪。楚王要他们铸把宝剑献上来。

干将到各地的名山上去采集上等的铁矿和各种金属的精华,然后观天象、候地时,等到天地间的阴阳二气交合汇聚,天上众神降临时,干将才开炉铸剑。

可正在鼓风熔铁时,天象突变,天气骤然变冷,炉膛里的金石不能熔化。干将大惊,却不知是什么缘故。

妻子莫邪说:"听说要让神异的东西起变化,往往要有人做出牺牲才行。今天铸剑是不是也要有人做出牺牲呢?"干将说:"以前我师父冶炼金属,金石不肯熔化,他们夫妇一同跃入冶炼炉中,才使得金石熔化。"

莫邪听后便要跳进冶炼炉中,以身殉剑。可是被干将拼死拦住。于是莫邪便剪下自己的头发,拔掉指甲,投入炉中。然后干将又招集了三百个童男童女,将冶炼炉装满煤炭,让他们一齐拉动风箱鼓风。终于,金石熔化了,铁水流淌出来,干将施展出高超的技艺,终于将剑铸成。

铸成的两把宝剑,一阴一阳,故称"雌雄剑"。雄剑就叫干将,剑上的花纹是龟甲图形;雌剑叫莫邪,上面刻着

◉ 阅读点睛

此处详细叙述了干将和莫邪在铸剑前所做的前期准备。特别是对材料和时间的选取安排上十分慎重。这也突出了他们对此事的重视程度。

◉ 阅读点睛

古人常说:"身体发肤,受之父母。"此处强烈地表现出铸就的宝剑是血汗的结晶。

散漫的水波花纹。

干将把雄剑收藏起来,只把雌剑拿去献给了楚王,楚王得了雌剑,非常喜爱。

品读赏析

全文运用细节描写、语言描写详细地展示了干将和莫邪高超的铸剑技艺。这让我们不得不对古人在铸剑方面取得的成就叹为观止。当干将不同意莫邪以身殉剑时,二人想出了一个折中的办法,同样铸成了宝剑。这让我们在感叹文中二人见多识广的同时,又不禁为二人懂得应变而暗暗称许。

拓展延伸

干将莫邪今何在?

干将、莫邪是一对雌雄宝剑,剑名与铸剑者的名字相同。其中干将是雄剑,莫邪是雌剑。经过现代科学研究,"莫邪投炉",金铁即融,可见以身铸剑并不是臆想中的神话,因为,人体含有大量的磷,在冶炼过程中,可起到催化剂的效果。当代著名研究者、曾仿制了越王勾践剑和吴王夫差矛的金海鸥,就利用草木灰添加磷的方法,仿制了干将、莫邪二剑。

小黄龙和大黑龙

很久以前,在大理附近的一个小村庄里住着一个员外,这个员外家有一个年轻的丫鬟。

这天,丫鬟正在山沟里洗菜,这时,沟里漂来了一个绿色的桃,姑娘什么也没想,捡起来就吃了。其实那是一颗龙珠。丫鬟不久就怀孕了,因此她被员外赶了出去。丫鬟被赶出去后住在村外的一个草棚里,不久,她就在这个草棚里生下了一个男孩。

他们母子的生活很艰难,幸好在离他们住的草棚不远的地方有一个财主,这个财主家的马只吃这个丫鬟割的草,她才能以此为生,勉强糊口。三年很快就过去了,丫鬟的孩子已经三岁了,这孩子长得很结实,而且还能帮妈妈割草。

这时,大理洱海中的大黑龙丢了一件珍贵的袍子,大黑龙为了找到那件袍子将洱海堵了起来,在洱海里兴风作浪,但他永远都不会找到,因为它的袍子被妻子偷去给了小白龙。大黑龙找袍子不要紧,周围的百姓可就遭殃了,洱海的水冲毁了田地,淹死了很多无辜的百姓。此时,县城贴出了告示,制伏大黑龙的人会得到重赏。丫鬟的孩子

● 阅读点睛

文章在开头部分交代了小主人公传奇的身世,为下文的发展奠定了基础。

● 阅读点睛

此处详细说明了事件造成的大范围危害和影响,推动了情节的发展。

● 阅读点睛

　　此处运用外貌描写和比喻的修辞,生动地表现出小男孩神气活现的样子,与标题中的"小黄龙"相呼应。读者在此时恍然大悟,原来小黄龙指的就是降服黑龙的小男孩。

● 读书笔记

　　见了告示就将它撕了下来。旁边的官差就将他带到了县官面前。县官看了看这个孩子说:"你这么小,能制伏大黑龙吗?"孩子说:"只要你们按我说的做,我就能制伏大黑龙。"县官听了孩子的话,高兴地说:"好,只要能制伏大黑龙,什么都听你的。"孩子说:"我要一个铜龙头,两对铁爪子,六把刀,三百个铁包子,三百个面包子,还有三条大草龙。"

　　东西都准备好后,人们很想知道孩子要这些东西有什么用。只见孩子将铜龙头套在头上,手里戴着铁爪子,身上插满尖刀,活像一条小黄龙。孩子准备好之后,就来到了洱海边。孩子对人们说:"把三条草龙放进去。"大黑龙不知道那三条"龙"是假的,就和这三条"龙"打了起来。

　　孩子等大黑龙累了后,就对岸上的人说:"我下去后,如果翻黄水,你们就向洱海里扔面包子,翻黑水就扔铁包子。如果我胜了,你们就扔一垛草,草漂到哪里你们就在哪里给我盖庙。"

　　孩子说完就下去了,岸上的人牢牢记住了孩子的话,当翻黄水的时候就扔面包子,翻黑水的时候扔铁包子。大黑龙和小黄龙打了三天三夜,后来大黑龙支持不住了,小黄龙就趁大黑龙找吃的的时候,钻进了大黑龙的肚子里滚来滚去。因为小黄龙身上有刀,所以大黑龙疼得在洱海里上下翻滚,最后他实在受不了了,就哀求说:"小黄龙啊,求你快出来吧。"在大黑龙不断哀求下,小黄龙从他的眼睛中钻了出来。从此,大黑龙变成独眼龙逃到了怒江。

　　人们见小黄龙胜了,就向洱海里扔了一垛草,小黄龙就变成一条小蛇趴在草上顺水漂走了,最后草漂到丰乐亭就不再漂了。于是人们就在那里盖了一座龙王庙。

品读赏析

不同于大黑龙的可怕,我们在这则民间故事中看到了一个十分可亲的小黄龙形象。这条小黄龙在母体受孕的那一刻起,就十分与众不同,这一点让后来小黄龙的神勇变得合情合理。我们在这则故事中可以看到,当遇到灾难时,要凭借自己的智慧去迎接挑战。因为只有这样,我们才能成功化解灾难,重新回归到当初的安宁和祥和中。

拓展延伸

美丽的洱海

洱海位于我国云南省境内,为云南省第二大淡水湖。洱海北起洱源,长约42.58千米,东西最大宽度9千米,湖面面积249平方千米,平均湖深10米,最大湖深达20.7米。洱海的出水口在下关镇附近,经西洱河流出。洱海是大理"风花雪月"四景之一"洱海月"之所在,因形状像一个耳朵而得名"洱海"。

宝莲灯

从前,在华山的圣母殿里住着三圣母。

三圣母有一件王母娘娘赠送的镇山之宝——宝莲灯。

一天,三圣母在山上遇到一位年轻书生,这位书生叫刘彦昌。他们两个人一见钟情,便结为夫妻。

婚后,两个人恩爱无比。后来,刘彦昌要上京赶考,而此时,三圣母已怀有身孕。刘彦昌给妻子留下一块沉香,说孩子出生后,就取名叫沉香。

不久,三圣母私嫁凡人的消息让她哥哥二郎神知道了。二郎神一气之下夺走宝莲灯,把三圣母关在了华山的黑云洞里。

三圣母在黑云洞里生下了儿子沉香,并写下血书放入孩子怀中。她偷偷托付土地神:一个月后在圣母殿里将孩子交给前来朝山的刘彦昌。

再说上京赶考的刘彦昌,他已经金榜题名,被封为扬州巡抚。上任前,他特意来华山朝山,他走进圣母殿,发现了儿子沉香。

刘彦昌把沉香带回扬州,留在自己身边细心抚养。

在沉香十三岁那年,他偶然在父亲的箱柜里翻出了血书,才知道母亲被压

在华山底下。于是他带上血书，独自去华山救母。

三圣母知道儿子一片孝心来救自己，激动不已。她叫儿子去向舅舅求情。

沉香来到二郎神庙，向舅舅苦苦哀求。谁知二郎神铁石心肠，非但不肯放出三圣母，反而和沉香打了起来。

这件事惊动了天上的太白金星，他派四位仙姑去看个究竟。四位仙姑觉得二郎神身为舅舅，这样凶狠地对待一个孩子太无情无义了，于是就暗中助沉香一股神力。沉香越战越勇，二郎神只好丢下宝莲灯逃跑了。

沉香立即赶回华山，来到黑云洞前，救出了母亲。

> **阅读点睛**
>
> 得知真相的沉香对舅舅苦苦哀求，从中可以看出，沉香是一个十分孝顺的孩子。相比之下，二郎神的不近人情难免让人心生厌恶。

品读赏析

《宝莲灯》中沉香救母的孝举令人感动。故事同时也告诉我们两个道理：第一，人与人之间的爱，是一切力量的源泉。因为有爱，人才变得坚强，更有力量。第二，骨肉亲情是任何事物都不能取代的。沉香能够成功地救出母亲，正是在于他的心中始终有救母出华山的坚定信念。

拓展延伸

华山孝子峰

华山位于陕西省华阴市境内，为五岳中的西岳。华山之险居五岳之首，有"自古华山一条路"的说法。华山有东、西、南、北、中五峰。太华山是华山主峰，海拔2154.9米，也是华山最险峰，峰上苍松翠柏，林木葱郁，峰东有凌空飞架的长空栈道。沉香孝子峰在南峰西，为南峰的一个峰头。《宝莲灯》神话传说中，沉香劈山救母，一家团圆，于是后人便称此峰为孝子峰。

情节档案

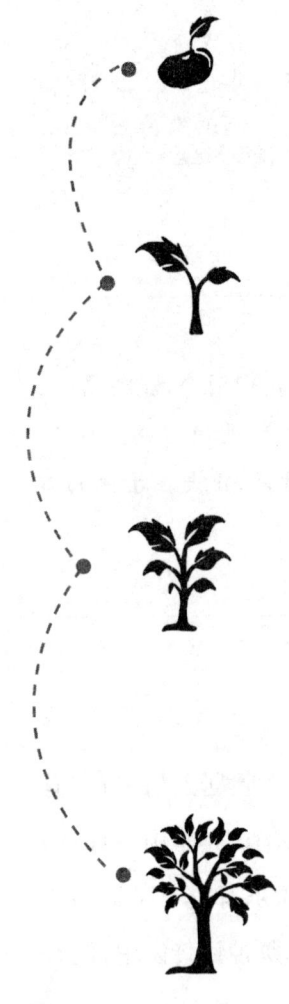

起　因：三圣母是掌管华山的天神，她有一件法力无边的法宝宝莲灯。后来，三圣母爱上凡人书生刘彦昌，与其结为夫妻，并怀有身孕。

经　过：三圣母的哥哥二郎神知道妹妹私下凡间爱上凡人，违反了天规，于是就将三圣母关押在华山黑云洞内。三圣母在黑云洞生下儿子沉香，并托付土地神把孩子交给刘彦昌。

高　潮：被父亲抚养长大的沉香偶然得知母亲被舅舅二郎神关押在黑云洞的事实。他向二郎神求情放出母亲，可二郎神不顾亲情，不仅不放出三圣母，还对沉香大打出手。沉香救母的行为感动天上的太白金星，他派出四位仙姑暗中助沉香一臂之力。

结　局：得到神仙相助的沉香更加勇敢，把舅舅二郎神打得落荒而逃。沉香来到华山的黑云洞，成功救出了母亲。

徐文长的故事

徐渭,字文长,明代山阴人。他来到杭州,当时杭州的知府目中无人,当得知徐文长在他的地盘赋诗作画,还受到很多人赞赏后,十分生气。于是他让衙役将徐文长找来,并对徐文长说:"我出上联,如果你对不出,我就要将你逐出杭州城。"徐文长欣然同意了。

知府指着六和塔说出了第一个上联。

"六塔重重,四面七棱八角。"

徐文长没有说话,只是伸出一只手,对着知府摇了摇。

知府认为徐文长不会,非常高兴,于是他立刻指着保俶塔说出了第二个上联。

"保俶塔,塔顶尖,尖如笔,笔写四海。"

徐文长听后,用手指着锦带桥,然后拱拱手,再将两手平摊,又向上一举。

知府见徐文长没有回答出来,便十分神气地说:"你还敢自称才子,连这么简单的两个对联都对不出来。来人,把他给我赶出杭州城。"

这时徐文长却大笑着说:"我早就对好了,只不过你

● 阅读点睛

　　文章开头交代了故事的起因,为下文的发展奠定了基础。

● 读书笔记

● 阅读点睛

> 徐文长对自己刚才的举动进行了解释,之前的谜底在此时揭晓。由此可见徐文长的确聪明过人。

是用嘴说的,而我是用手势对出来的。"

"用手?用手怎么对?"

徐文长对知府说:"对第一联的时候,摇摇手就是说,一掌摇摇,五指三长两短。第二联时,拱拱手,再把手平摊开就是说,锦带桥,桥洞圆,圆似镜,镜照九州。"

知府听后,悻悻而去。

品读赏析

故事的行文风格以对话为主,而这些对话又以杭州知府为主,只有在文末部分才算写上了徐文长的一句答话。虽然不长,但寥寥数字就向人们展示出了一个出类拔萃的才子形象。杭州知府虽不是个草包,但和才华横溢的徐文长相比,就显得有些小气。特别是文末知府的表现,让徐文长这个明代才子形象更加突出了。

拓展延伸

对 联

对联又称楹联,因古时多悬挂于楼堂宅殿的楹柱而得名,又有偶语、俪辞、联语、门对等通称,以"对联"称之,则肇始于明代。对联是一种对偶文学,起源于桃符,是利用汉字特征撰写的一种民族文体,它与书法的美妙结合又成为中华民族绚烂多彩的艺术独创。传统对联的形式相通、内容相连、声调协调、对仗严谨。写对联作为一种习俗,是中华民族优秀传统文化的重要组成部分。

孟姜女的传说

从前八达岭一带住着两户人家,墙东是孟家,墙西是姜家。多年以来,两家相处得十分融洽,就像一家人似的。

这年墙东孟家种了棵瓜秧,顺着墙头爬过去了,在墙西姜家结了一个瓜。瓜长得很奇特,表面非常光滑,谁看见都夸。很快这瓜便长大成熟了。等到秋后摘瓜时,一瓜跨两院,怎么办呢?于是两家决定用刀切开一家一半。

瓜一切开,嘀!金光闪亮,里边没有瓤,也没有子儿,只坐着一个小姑娘,粗眉大眼,十分可爱。孟家和姜家都没有后代,一看见这个孩子高兴极了,于是两家一商量,雇了一个奶娘,就把小姑娘收养了起来。

时间过得飞快。一晃,这小姑娘十多岁了。孟姜两家便请了个先生,教她读书。念书得起个名儿啊,叫什么呢?孟家说:"这是咱们两家的后代,就叫孟姜女吧。"从此以后小姑娘就叫孟姜女了。

当时,秦始皇下令在八达岭建长城,到处抓人当劳工。那时候都是白天,没有黑夜,天上有十二个太阳,大地上的人饿死的、累死的不计其数。

当时有一个名叫范喜良的书生,听说秦始皇修边抓

● 阅读点睛

这一部分交代了孟姜女的来历。文中运用外貌描写将孟姜女出生时活泼可爱的样子展现出来。

● 阅读点睛

这一部分交代了范喜良出逃到孟家的缘由,为下文与孟姜女的巧遇埋下了伏笔。

● 读书笔记

人,就吓得逃命去了,人地两生,跑到哪儿去呢?他抬头一看,前不着村儿,后不着店儿,又不敢远走,就犯了愁。可愁也得走,他又跑了一阵子后,看见一个村子,村里有个花园,就进去了。

这花园正巧是孟家的。这时,正赶上孟姜女跟丫鬟逛花园。孟姜女看到葡萄架底下藏着一个人,吓坏了,于是就喊了一声。

丫鬟问:"怎么回事?"

孟姜女说:"不好了,有人,有人。"

丫鬟一看,真的有人,便要喊人来,范喜良赶忙爬出来说:"别喊,别喊,救我一命,我是逃难的。"

孟姜女一看,范喜良是个青年书生,长相英俊,就带着他来到孟员外面前,说明来龙去脉,孟员外心地善良,说:"把他请进来吧。"于是就将范喜良请了进来。孟员外说:"你姓什么?叫什么?""姓范,叫范喜良。""你是哪儿的人啊?""我是这村北的人。""因为什么逃出来的?""因为皇上修边抓人,没办法,才跑到这儿来的。"孟员外一看小伙儿很老实,说:"好吧,你在这儿住下吧。"于是就把他留下了。

一晃范喜良已经住了好些天了。孟员外想,姑娘不小了,也到了嫁人的年龄了,就跟老伴商量。孟员外说:"我看范喜良不错,不如招他做女婿,你看如何?"

● 阅读点睛

古代的婚姻通常都是由"父母之命"订下来的。此处的叙述印证了这一说法。范喜良与孟姜女的结缘,为后文故事的发展埋下伏笔。

老伴一听,便同意了,又说:"这也得跟姜家商量商量。"孟家跟姜家一商量,姜家也很同意。范喜良呢?更不用说,他也很喜欢孟姜女。于是大家就把这门亲事订下了。

于是孟姜两家便选了个好日子,摆上酒席宴请亲友宾朋,热闹了一天。

孟家有个家丁,他不是好人,看孟员外没儿子,早就惦记上孟姜女了。他想:将来孟家招门纳婿一定是我的事。没想到范喜良来了,他的如意算盘落了空。于是他眼珠一转,坏主意就来了。他偷着跑到县官那去送信,跟县官说:"孟员外家窝藏了一个劳工,叫范喜良。"县官一听窝藏劳工,立即带上衙役就去了。

这时候天快黑了,客人也散了,孟姜女和范喜良正准备入洞房,忽听外面鸡鸣狗吠。不一会儿,进来一伙衙役,不容分说,就把范喜良给抓走了。

孟姜女一看丈夫被抓走了,便大哭起来,但哭也没有用。过了几天,孟姜女跟孟员外说:"我要去找范喜良。"孟员外就给她准备了一些银子,叫家丁跟着,送她一程。

这个家丁就是出卖范喜良的人,走到半路,他就开始调戏孟姜女。他说:"范喜良这次被抓必死无疑,你看我怎么样?跟着我过吧!"孟姜女知道他要使坏,说:"好是好,可是咱们俩成亲,也得找个媒人哪!"家丁一想,这可上哪儿找媒人去?孟姜女说:"这样吧,你看那山沟里有朵花,你去把它摘来,咱俩以花为媒吧。"

这个家丁心想,孟姜女真是一片诚心哪,便高高兴兴地去摘花。可走到沟边一看,他就犯了愁。那山沟在陡石崖下边,那么深,怎么下去呀?孟姜女说:"这好办,你要是男子汉,有胆量,就把行李绳子解下来,我拉着,你往下爬,不就行了吗?"于是,家丁就解下绳子,孟姜女拉着一头,家丁拉着另一头,胆战心惊地爬下去。他抓住绳子,刚刚离地,孟姜女便松开了手中的绳子,将家丁摔到石崖下面,摔了个脑浆迸溅。

杀死家丁后,孟姜女收拾好东西,便一路奔向修边的地方。到了目的地,她好几天也没寻着自己的丈夫。后来

● 阅读点睛

　　此处介绍了坏家丁的形象,为情节的继续发展做好铺垫。

● 阅读点睛

　　此处将家丁半路上的表现做了简单的叙述,意在表明其迫不及待想要霸占孟姜女的意图。

● 阅读点睛

孟姜女居然将长城哭倒了，这种描写突出了她对丈夫的真挚感情和其此时此刻悲痛欲绝的心情。

● 阅读点睛

此处对话描写和神态描写将秦始皇好色又猥琐的形象生动地表现出来。

孟姜女碰上一帮劳工，便问道："你们这儿有叫范喜良的吗？"大伙儿说："有这么个人，新来的。"孟姜女说："他在哪儿呢？"一个人说："这几天没看着他，说不定死了。"孟姜女一听吓坏了，赶忙问："那尸首在哪儿？"那人说："谁管尸首啊？早都填了城脚了！"孟姜女听后一阵心酸，就大哭起来，直哭得天昏地暗。正哭着，只听"哗啦"一声，一段长城倒了，露出了范喜良的尸首。

孟姜女抱着尸首，哭得死去活来。她的哭声招来了一帮衙役，上去就把她绑了起来，送给了县官。那县官一看孟姜女长得漂亮，就把她送给了秦始皇。

秦始皇非常高兴，赏了县官许多金银财宝，还给他升了官。秦始皇打算霸占孟姜女，可是孟姜女怎么会服从他呢？没有办法，秦始皇便找了几个媒婆去劝，孟姜女还是不从。

日子久了，孟姜女见这样下去也不是办法，便想了个主意。她跟看守的人表示愿意服从皇上，看守的人一听，赶忙报告秦始皇。秦始皇的心里很高兴，就来见孟姜女。孟姜女说："我答应你可以，但你得应我三件大事。"秦始皇说："只要你同意，别说三件，三十件也依你。"孟姜女说："头一件，请高僧名道，高搭彩棚，给我丈夫念七七四十九天经，超度他的亡魂。"秦始皇为了得到孟姜女，便说："行，应你这一件。"孟姜女说："第二件，你要穿上孝服，在灵前跪下，叫三声'爹'。"秦始皇犹豫了一下，说："这件不行，再说第三件。"孟姜女说："不行就没有第三件！"秦始皇没了主意，想了半天，还是没办法。他看看孟姜女，越看越美，真是魂都要出窍了。他无论如何都不愿放弃，便不太情愿地说："行，我答应第二件，说第三件吧。"孟姜女说："第三件，你要跟我游三天海，三天以后，

才能成亲。"秦始皇想,这一件很容易,就说:"可以,三件都依你。"

于是秦始皇就吩咐得道高僧,准备孝服,大搭彩棚。准备齐全后,秦始皇披麻戴孝,真的做了孝子。

等到发完丧,该游海了。孟姜女对秦始皇说:"咱们游海去吧,游完好成亲。"秦始皇高兴极了,叫人抬上两乘花彩轿,抬着孟姜女来到海边。孟姜女下轿后,走了几步,推开秦始皇,"扑通"一声投入海中。

秦始皇一看,着急了,喊道:"来人!来人!"这时,孟姜女早就沉底了。秦始皇没有办法,就拿起赶山鞭,往海里赶石头,想把孟姜女砸死在海底。

这时海龙王担心了,要是石头都跑到海里,那龙宫不就被砸塌了吗?龙王有个公主,非常聪明,她对老龙王说:"不要紧,我去偷他的赶山鞭。""你怎么偷呢?""我变成孟姜女,出去跟他成亲就偷来了。"龙王一听,觉得这个办法不错,就同意了。于是龙王公主就变成了孟姜女出了海。

一出海,她看到秦始皇还在那儿用赶山鞭往海里赶石头呢!龙王公主便说:"你看你,我说游海三天,现在还不到两天,你就填起海来了,幸亏没砸着。"秦始皇一看"孟姜女"回来了,高兴极了,收起赶山鞭说:"我以为你不回来了呢。"于是就跟龙王公主回宫去了。

龙王公主跟秦始皇成亲后,趁机把赶山鞭给盗走了。从那以后,秦始皇再也想不出什么办法来,也只好就此罢休了。

◉ 读书笔记
——————
——————
——————
——————
——————

◉ 阅读点睛

为了保住龙宫,机智的公主想出了一个绝妙的办法。

品读赏析

孟姜女的故事是中国四大民间爱情传说之一，每每提起她和范喜良的爱情悲剧，人们不禁唏嘘。故事以孟姜女的家庭、婚姻为主线，全面立体地展现出孟姜女身上的美德。通过孟姜女的形象，我们不仅看到了中国古代妇女勤劳、善良的一面，还看到了古代劳动人民对无休无止的战争和繁重的徭役任务的深深反感。

拓展延伸

孟姜女庙

孟姜女庙坐落于河北省秦皇岛市山海关区以东6.5千米的凤凰山上，由贞女祠和孟姜女苑组成。贞女祠相传始建于宋代以前，据《临榆县志》记载："贞女祠，在东关外十三时望夫石之巅，祀孟姜女。此祠创始于宋以前。至明万历间主事张栋重建，崇祯间副使范志完重修，清康熙间曹安宇葺而新焉。"现存的孟姜女庙即为明万历年间的建筑。

龙犬娶公主

上古时候，有一位高辛王，他没有儿子，只有三个美丽的女儿，她们都被高辛王视为掌上明珠。

皇宫里养着一只身披24道斑纹的龙犬。这只龙犬日夜守卫着高辛王和他的宫殿，深得高辛王的喜爱。不但国内臣民，就连海外番邦都知道高辛王的这只龙犬。

高辛王心地仁厚，深受百姓爱戴。但是，边境却经常遭到番王贼兵的侵扰，弄得边境百姓惶惶不得安居。

这年，番王又派兵犯境。高辛王忧心忡忡，派人张贴皇榜，招募贤士，并承诺将杀死番王退敌者招为驸马。

招贤榜已经贴出三天了，却不见有人应招。高辛王与大臣们正在殿上着急，忽见龙犬衔着皇榜奔上殿来。高辛王又惊又喜，问道："这是招贤的榜文，你揭了下来，难道你能刺杀番王退敌吗？"龙犬摇了摇尾巴，点了点头。高辛王大喜，让龙犬饱餐了一顿，为它饯行。临行时，高辛王一再叮嘱："事关国家兴亡，务必成功！"龙犬点点头，"嗖"的一下蹿出宫殿，腾云般飞奔而去。

两天后，龙犬来到海边，跃入大海，变成一条蛟龙劈波斩浪，不一会儿就游到了岸边。龙犬上岸后，直奔番王

◉ **阅读点睛**

这是故事的开篇部分，交代了整个事件的发生时间以及人物的各自身份背景。

◉ **阅读点睛**

张贴出的皇榜无人问津，却让龙犬衔榜而至。读者看到这不免心中有个疑问——龙犬能带兵打仗？这种设置加重了读者的好奇心，让读者有兴趣继续读下去。

王宫。

番王一见是高辛王的龙犬,心中疑惑地说:"你守卫高辛王形影不离,今天是高辛王派你来的吗?"龙犬摇了摇头。番王又问:"你是不是看高辛王的气数将尽,前来投奔我?"龙犬点了点头。番王大喜,觉得这是个好兆头,便把龙犬留在宫中。

当天夜里,龙犬悄悄地进了番王的寝宫,见番王睡得正香,正要扑上去,不料,身后有人发出警告:"龙犬,不要打扰国王休息,出去吧!"龙犬回头一看,是两个披甲执剑的番王卫士,它只好退了出去。

第二天清晨,番王起身后到厕所去,卫士们都留在外边守卫,龙犬却摇头摆尾地跟了进去。番王还以为龙犬对他很忠心,没在意。就在这时,龙犬趁四下没人,扑向番王,一口咬断了番王的脖颈儿,衔着他的头颅,腾空而去。

番王一死,国内大乱,侵扰高辛国的番军很快就溃退了。龙犬立了大功,高辛王当众犒赏龙犬,可龙犬看都不看,连连摇头,走下宫殿。

高辛王回到后宫,王后对高辛王说:"龙犬对你的赏赐好像很不满意!"高辛王说:"唉!这我知道,可我怎么舍得把咱们的女儿嫁给龙犬呢?"

高辛王经过反复考虑,觉得不该失信于天下,于是就决定招龙犬为驸马,让龙犬当场挑选公主。龙犬走到大公主跟前,大公主"哼"了一声,昂起了头。龙犬摇了摇头,又来到二公主跟前,二公主吐了口痰,扭过头去。它走到三公主跟前,三公主害羞地低下了头,龙犬围着三公主又是蹦又是跳。

于是,三公主嫁给了龙犬,两个姐姐却幸灾乐祸,暗中取笑她。高辛王夫妇不免对小女儿既怜悯又惋惜。谁知,三公主却很满意。高辛王夫妇对此感到很奇怪。后来,三公主对他们说:"龙犬一到晚上没人的时候,就变成英俊的男子,身上的斑毛则是件灿烂的龙袍。"

王后说:"如果龙犬白天也能变成人,那该有多好!"三公主说:"如果它白

天也能变成人,身穿龙袍就要当王,岂不是和父王争王位了吗?"高辛王说:"那好办,我就封他到南京十宝殿当王。"

三公主将父王的话告诉了龙犬。龙犬很高兴,对三公主说:"你将我放在一个大蒸笼里蒸7天7夜,我便可脱掉身上的毛变成人。"

龙犬在蒸笼里蒸了6天6夜,三公主担心丈夫被蒸死,便揭开盖子看,龙犬却一跃而出,果然变成了人。

但可惜的是,因为蒸的时间不够,龙犬头上、腋窝几处的毛未脱掉,再蒸也没有用了。所以,直到现在,人们的头上、腋窝等处还长着毛发。

龙犬变成人以后,高辛王果然履行了他的诺言,封他做了南京十宝殿的盘瓠王。

品读赏析

《龙犬娶公主》改编自流传于我国南方瑶、畲等族的盘瓠传说,盘瓠即为故事中的龙犬。在故事中,龙犬运用自己超凡的智慧,不仅成功地铲除了番王,同时也抱得美人归。这个故事一方面向我们展示了人物的性格特点:高辛王的用人不疑、言而有信,龙犬的有勇有谋;另一方面,这则故事借助龙犬的形象,表达了人们在危难时刻,勇于站出来保卫家园的一种精神观念。随着时间的推移,这种观念早已成为我们每一个中国人血脉中不可缺少的一部分。

拓展延伸

麻阳盘瓠祭

麻阳盘瓠祭指的是盛行于湖南省怀化市麻阳县的一种图腾祭祀文化。其起源于远古的盘瓠图腾崇拜和盘瓠神话。神话中所指的盘瓠,即为这则民间故事中龙犬的名字。麻阳盘瓠祭通常在每年的农历五月份举行,持续十几天,以唱大戏和龙下水为主要的祭祀活动。

麻阳盘瓠祭不仅是古老的历史文化遗存，更是当今世界保留得最完整的一种图腾崇拜文化。在经历了数千年的历史文化沉积后，它已经演变成一种富有影响、富有地域性特色的文化现象，对增进民族团结和研究少数民族历史、宗教、文化、艺术、民俗等等方面都具有很高的学术价值。

📖 人物特写

姓名：龙犬

特点1：忠心耿耿

龙犬不辞辛苦，日夜守护着高辛王和高辛王宫。在高辛王为外敌入侵而忧心忡忡的时候，龙犬想帮高辛王分忧，主动请缨前去杀死为非作歹的番王。

特点2：智勇双全

龙犬假意归顺番王留在他的身边，在充分取得番王信任之后，趁着无人看守，龙犬扑向番王并一口咬断番王的脖颈儿，带着他的头颅回到高辛王身边复命。

姓名：高辛王

特点1：用人不疑

看着自己心爱的龙犬揭下皇榜，高辛王对此没有丝毫的怀疑，他相信龙犬可以刺杀番王退敌，并且十分开心地赏赐龙犬一顿饱餐为它饯行。

特点2：信守诺言

龙犬成功刺杀番王退敌，将番王的头颅进献给高辛王，高辛王信守诺言将自己心爱的三公主嫁给了它。龙犬在蒸笼中蒸了6天6夜，变成人形，高辛王也履行之前的承诺封其做南京十宝殿的盘瓠王。

望娘滩

● 阅读点睛

开篇部分交代了主人公的身世、性格、职业和故事发生的大背景，让读者对故事的基本框架有所了解。

● 阅读点睛

相关联想。兔子是草食动物，眼前跑过的这只兔子很自然就让聂郎联想到这附近有供养兔子生存的草地。

很久以前，在遥远的川西发生过一次旱灾。那次灾难使整个川西平原变得好像一块烤干的面饼，太阳似乎不再落下，这片土地上的生物已经经受不住烈日的炙烤了，仿佛每一滴水都从这里蒸发了。

一个叫聂郎的小伙子就和母亲在这里相依为命，聂郎从小就没了父亲，是母亲将他带大的，而聂郎也深知母亲的不容易，十分勤劳孝顺。他每天都辛勤地出去割草、砍柴，然后去集市上卖掉来供养母亲。

这天早晨，聂郎像往常一样早早起床，上山割草。他今天特意背了一只大竹篓，因为他听说周财主家新买了一匹好马，所以他想要多割些新鲜的好草多卖点儿钱，给娘买些好吃的，补补身子。

聂郎来到从前水草丰美的赤龙岭，可连日的大旱早已让青草绝迹，就连枯萎的黄草都已化为粉尘了。正当他焦急万分的时候，一只小兔子从他身边跑过。聂郎灵机一动，跟在小兔子后面，果然找到了一片绿油油的青草地。

第二天，聂郎再次来到那里，发现昨天刚刚割过草的地方竟然又长满了新鲜的青草。于是，聂郎决定将这片草

皮移植回去，说不定能培育出更多的青草造福家乡。于是他开始挖草皮，谁知，在那片青草地的下面竟然埋藏着一颗明珠，聂郎欣喜地将它捧起来，小心翼翼地揣进了怀里。

晚上，聂郎刚进家门，怀中的明珠就将昏暗的茅屋照得亮如白昼。他的母亲惊讶地说："这明珠一定非同寻常，先把它放到咱们家的米缸里吧！"

第三天，神奇的事情发生了，原本早已空了的米缸又变得满满的。聂郎又拿钱来试，果然，无论把它放在什么东西上，那东西都会涨满。聂郎和母亲的生活因此好了起来，但他们并不贪婪，常常帮助别人。也正因为这样，神奇明珠的消息很快就传到了周财主的耳朵里。

> **阅读点睛**
>
> 这一段采用细节描写，将明珠的不同寻常之处揭示出来。同时，在此段的基础上，巧妙地引出下文聂氏母子和周财主之间的冲突。

周财主原本就是个无赖，一听有这样的宝贝，就眼红得不行。他吩咐手下，不论用什么手段，一定要把那颗明珠抢到手。财主的管家来到聂家，先是假意用钱买，聂郎知道周家为富不仁，当然不肯。管家只好回去禀告财主。

财主听到管家的禀报，便想出了一条诡计，他们来到聂家，称那颗明珠是聂郎从周家偷来的。聂郎据理力争，要周家拿出证据，周家人被问得哑口无言，便动起手来。聂郎眼见明珠难保，情急之下便将明珠吞了下去。

周财主一看，恼羞成怒，喝令手下家丁："打！我就不信他不吐出来！"顿时，聂郎倒在了他们的棍棒之下，幸好村民们及时赶到，不然后果真是不堪设想。

周家人走后，聂郎娘看着昏迷不醒的儿子和一片狼藉的家，不由得落下了伤心的泪水。夜里，聂郎缓缓地睁开了双眼，他不停地嚷着口渴，可娘端来的一碗碗水却没能起什么作用。最后，聂郎把一整缸水都喝了下去。

突然，天上电闪雷鸣，聂郎见此情景，不顾一切地狂奔到江边，大口大口地猛喝起水来。在隆隆的雷声和不时

> **阅读点睛**
>
> 此处运用细节描写，将聂郎吞珠之后，身体发生的明显变化展示出来。文中虽未用任何表疑问的句式，但却引起了读者对造成此种结果原因的探究。

◎ 阅读点睛

　　聂郎的话向读者解释了造成此种结果的原因所在——吞珠成蛟。空中的雷电交加，周财主对明珠的觊觎贪婪，聂郎娘的紧紧不放手等共同营造了一种紧张的环境氛围。

划过的闪电的映照下，聂郎娘看见儿子竟然渐渐长出角来，但惊恐的她还是紧紧地抓着儿子不放。

　　"娘，您快放手！儿子就要变成蛟龙了，您保护好自己，儿子要去报仇了！"这时不甘心的恶霸财主又领着他的爪牙赶来了，他要将聂郎剖腹，以取出明珠。

　　暴雨使原本快要干涸的河水快速上涨，化为蛟龙的聂郎带着满腔的愤怒跃入水中。周财主一把抓住聂郎娘，威逼她交出儿子，聂郎娘一步步退向汹涌的河边。当黑心的恶财主正要逞凶时，一声炸雷在他的耳边响起，闪电像风帆一样扯起滔天的巨浪向他扑来，所有的坏蛋都消失在了茫茫的河水之中。

　　天色渐渐亮了，河水也慢慢平复，水中的聂郎眼含着热泪对娘说："娘，儿子就要走了，您千万要照顾好自己啊！"

　　聂郎娘泪流满面，哭喊道："儿啊，你要到哪里去呀？"

　　"娘，儿子已化为蛟龙，要顺流进入大海，从此永无回头之日啦！"聂郎哽咽着说。

　　"不！我的孩子！"聂郎娘沿着河岸跌跌撞撞地追着聂郎，她每一声呼喊都让聂郎痛彻心扉。聂郎娘用尽全身力气喊了聂郎24声，聂郎也恋恋不舍地回了24次头。后来，聂郎娘跑过的地方变成了24片河滩。

　　人们为了纪念他们，便将这里叫作"望娘滩"。

品读赏析

《望娘滩》是一个把河道的自然变迁化为亲子之情的神话故事。这个传说之所以能够打动人心,不仅因为人间母子诀别的痛苦之情是真实动人的,而且因为在江中存在着二十四个石滩,确是岷江里的真实景观。神话故事与实有景物联系,更易打动读者的心,增强了《望娘滩》的亲切感和真实感。

拓展延伸

李明璋和川剧《望娘滩》

李明璋,重庆市江北区人,川剧作家。1953年,李明璋根据流传于都江堰地区的民间神话创作川剧《望娘滩》。在这部极具地方特色的戏曲中,李明璋将创作的重点放在四个方面:治霸、亲情与孝道、民众心愿和自然赋神。特别是对亲情方面的桥段,李明璋着重做了深化处理,时刻不忘强调母子亲情。在剧中,聂郎因吞珠成蛟,完成由凡人向神祇的"超越"。在这样的人神转变中,人间的母子亲情成为人与龙的联系纽带。

凤凰山传奇

传说很久以前,南方有座凤凰山,这座山方圆三百六十里,高三千六百尺。放眼望去,高大的山就像一只正在孵卵的凤凰,有脖子,有翅膀,还有一条漂亮的尾巴,仿佛随时准备飞起。

这座山上有一个金银坑,一只漂亮的金凤凰住在那里。这只凤凰活泼好动,每天总是东游西逛,每当发现宝贝,它就立刻衔到坑里来,所以金银坑里装满了珍宝,每天金光四射。

◉ 阅读点睛

　　此处介绍了银蛋不凡的来历,让人忍不住开始遐想银蛋中会有怎样的宝贝。

有一次,金凤凰无意中吃了一颗白玛瑙,三天三夜无法飞行,只好整天在窝里趴着,第四天的早晨,金凤凰生下了一个巨大的银蛋。这个蛋像雪一样白,比斗还要大,并且放射出万道光芒。那光芒就像初升的太阳,亮得使人无法睁开眼睛,整个金银坑都被照得耀眼夺目。

◉ 阅读点睛

　　这一部分对银蛋在雨露滋润后所表现出的异象进行描写,渲染了神秘的气氛。

这个银蛋每天都享受着阳光雨露的滋润,经过三十天,银蛋骨碌碌地慢慢滚动起来。几个时辰后,到正午时分,突然"轰隆"一声巨响,蛋壳裂开了,瞬间地动山摇,从里面跳出了一个小娃娃。

这娃娃胖嘟嘟的,身上还散发出一种奇异的清香。百鸟闻到清香的味道，都从树林的四面八方飞来。它们瞧着这个漂亮的胖娃娃，都争着让他做自己的孩子，最后大家决定共同哺育这个娃娃，并给他取名叫阿郎。

在百鸟细致周到的照顾下阿郎渐渐长大了，百鸟都将自己的本领教给他。白鹤教他走路，鹦鹉教他唱歌，鹭鸶教他划船，山鸡教他爬山。日子一天天过去，阿郎也长大长高了，他决定用自己的本领去外面闯荡谋生。

一天，阿郎翻山越岭来到了大龙岭。他爬上高高的山峰，向下看去，满眼都是秀丽的风景，到处弥漫着鸟语花香。当他正感叹世界的美好时，突然闻到一股难闻的腥臭味。找了许久，他终于找到了散发气味的山洞。在洞里阿郎发现了一条正在打盹的大蟒。大蟒被阿郎的脚步声惊醒，立刻张开山洞般大的嘴，露出尖刀般的牙齿，瞪起火团似的眼睛，竖起铁石般的鳞甲迅速向阿郎扑来。

阿郎手疾眼快，闪到一旁，举起一块巨石，对准大蟒的脑袋狠狠地砸去。大蟒被砸得翻了过去，可马上又扑了过来。阿郎不敢怠慢，伸手按住大蟒的脑袋，挥起拳头一顿猛打，直到打得大蟒口鼻喷血，慢慢地死去。

阿郎放下死蟒，向洞内走去，在里面找到了三样东西：一把锋利的宝剑，一把发亮的锄头，一把纯钢的斧头。阿郎看到这三件宝贝，高兴极了，便打算带着宝贝离开蟒洞。忽然洞底传来马的嘶叫声，阿郎四下寻找，发现一匹被铁链锁在石柱上的高大黄鬃马。此时，那匹马正仰着脖子拼命地嘶叫。

阿郎看着那匹马，同情地说道："可怜的马儿呀，是哪个主人这样狠心将你丢下，让你独自待在这里受苦呢？"那马听了，摇了摇尾巴，跪下前腿，流着激动的泪水，竟然说出了人话："善良勇敢的年轻人，我是龙宫二太子的坐

● 读书笔记
_____
_____
_____
_____
_____
_____
_____

● 阅读点睛

此处运用细节描写，表现出了阿郎与大蟒搏斗时的英勇无畏。

骑,他骑着我到这里来采仙草,在毫无防备的情况下被那条大蟒害死了。大蟒不但把我锁在这儿,还夺走了我主人的三件宝贝。"

阿郎听后,取出宝剑,斩断锁着马的铁链,对马说:"我已经杀死了那条害死你主人的大蟒,从今以后,你就跟着我吧!"说完他跨上马背,那马嘶叫一声,像长了翅膀一样飞快地奔出洞口。他们跨过九十九条河,翻过九十九座山,来到了虎背山。虎背山下有一个清澈见底的湖,周围开满了色彩缤纷的花朵。阿郎正好口干舌燥,便走到湖边去喝水。喝第一口水时,湖水波纹微动,一个姑娘的身影隐隐约约地出现在湖底。

● 阅读点睛

此处运用了比喻的修辞手法,将马飞快奔驰的样子形象生动地展现出来。

阿郎以为是自己眼花了,便接着喝水。当他喝完第三口水的时候,只见波涛汹涌,刹那间,湖水分向两边,一位姑娘从湖底缓缓走出。

美丽的姑娘一上岸,湖周围的花儿都羞愧地躲到叶子下面去了。这位穿着桃红色裙子的姑娘,走起路来如清风扶柳,婀娜动人。阿郎第一次见到这么漂亮的姑娘,不禁看得呆住了。

姑娘走到阿郎的面前,只是对着他娇羞地微笑,也不说话。阿郎忍不住痴痴地问姑娘:"美丽的姑娘,你叫什么名字?家住在哪里?"

● 阅读点睛

寥寥数语交代了姑娘的身份和来历,为后文的发展做好铺垫。

"我叫媛莲,家住在东海水晶宫,我是龙王的三女儿。"姑娘答道。

"你住在东海水晶宫,怎么会来到这虎背山?"

"这里的湖水直通东海的水晶宫,我是从水路来的。"

"那你来这里做什么?"阿郎又问。

"你杀死了蟒妖,替我哥哥报了仇,父亲和母亲叫我来拜谢你,同你一起生活。"姑娘羞涩地回答。

阿郎听后，马上说："媛莲啊，我只是一个穷苦的单身汉，整天在外面打猎，家中又无爹娘兄妹照顾，你跟着我会受苦的。"

媛莲低下了头，害羞地对阿郎说："我喜欢的就是你这种吃苦耐劳的精神。"

傍晚，太阳渐渐西落，天空布满了晚霞，显得格外美丽。阿郎采来鲜花，插在媛莲的头上，带着媛莲骑上宝马，一起飞回了凤凰山。

他们回到凤凰山，刚迈进家门，百鸟就全都赶来了，它们为阿郎和媛莲举行了最隆重的婚礼。婚后，他们两人相亲相爱，日子过得非常幸福。每天阿郎上山打猎，媛莲在家做饭；阿郎出去挑水，媛莲在家缝补。

一个月以后，媛莲有了身孕。十个月后的某一天，阿郎出去打猎还没回来，媛莲在家觉得肚子疼痛难忍。突然间天上风雨大作、电闪雷鸣，当第一声大雷震响的时候，一个白白胖胖的男孩儿出生了。

阿郎回来后，知道自己的儿子出生了，高兴得眉开眼笑。妻子让他给孩子取一个名字，阿郎说："孩子一落地，雷声轰鸣，就叫钟吧。"

时间过得飞快，钟也慢慢长大成人了。媛莲就将龙宫中最美丽贤惠的侄女娶到家中给儿子做媳妇。钟的婚礼非常隆重，百鸟和百兽全都赶来庆贺，场面热闹异常，庆祝了整整三天。

日子一晃过去了几十年。这些年中，凤凰山完全变了个样。阿郎的子孙们开垦了一千九百九十九亩荒地，种了一千九百九十九亩良田，喂了一千九百九十九头奶羊，养了一千九百九十九头牛。凤凰山变得到处是黄金、白银，阿郎夫妻和子孙们过得充实而美好。

● 读书笔记

● 阅读点睛

此处运用环境描写，描述了孩子出生时天空出现的异象，从侧面渲染了这个孩子的与众不同。

凤凰山这个地方，山好、水好、风光好，五谷丰登，六畜兴旺，遍地是黄金，是块让人羡慕的宝地。这地方很快就被当地的县官知道了。他得知这个消息后，心想：有这样的好地方，我一定要好好地捞一笔。

于是，县官立即写了张告示，在全县各地张贴。上面写着："凤凰山的老百姓必须按地纳粮，照丁纳税，如有抗拒，绝不轻饶。"

阿郎看到张贴到凤凰山的告示后，便对家人说："我们送一百只肥羊给县官，这是我们应纳的税。"贪得无厌的县官看到肥羊，摇着头，眨着眼，并不满意，嫌送得少。于是阿郎又派人给他送去一百头牛。县官看了还是摇摇头，眨眨眼，照样嫌少。

阿郎意识到县官是一个贪财无厌的人，心想：凤凰山上的一切都是全家辛辛苦苦劳动得来的，县官没有权力毫无休止地向我们要这要那。如果一再向他妥协，他今后更会变本加厉地来找我们的麻烦。想到这里，阿郎决定干脆不再缴纳税粮。

县官见阿郎不再送东西来，便派出大队官兵，强盗般地到凤凰山去抢粮了。

阿郎知道他们要来，便早早地做好了准备，官兵刚爬到山顶，阿郎就手握宝剑，骑上宝马，轻轻地挥动了一下鞭子，宝马便腾空飞起，吓得官兵七零八落，四下奔逃。

此时媛莲跳入潭中，带动潭水，奔流而来的潭水将来犯的官兵冲得无影无踪。从这以后，无礼的官兵再也不敢来强制收粮了，凤凰山又恢复了往日的宁静，阿郎一家又过上幸福快乐的生活。

品读赏析

这则民间故事向人们传达了三方面的主题：首先，颂扬了"惩恶扬善"的精神。阿郎除掉邪恶的大蟒，称得上是惩治了恶势力。其次，阿郎和龙女结合并生子的故事，表达了民间对美好爱情、婚姻的向往。第三，当遇到不公正的待遇时，鼓励人们要奋起反抗，不能一味地忍让和退缩。只有自身敢于反抗，才有可能改变命运。

拓展延伸

凤 凰

凤凰亦称为朱鸟、丹鸟、火鸟、朱雀等。在西方神话里又有火鸟、不死鸟,形象一般为尾巴比较长的火烈鸟,并周身是火。神话中说,凤凰每次死后,会周身燃起大火,然后在烈火中获得重生,并获得较之前更强大的生命力,称之为"凤凰涅槃"。凤凰和麒麟一样,是雌雄统称,雄为凤,雌为凰,其总称为凤凰。凤凰齐飞,是吉祥和谐的象征。

英雄朵阿若恣

◎ 阅读点睛

故事的开头讲述了人们得到五谷的原因，为后文人们过上丰衣足食的生活做了铺垫。

◎ 阅读点睛

在民间故事中，万物皆有人性。就连小小的蜜蜂也懂得生活的技能，这不得不让我们感叹古人天马行空的想象力。

在很遥远的古代，地上的人们过着吃野果穿树叶的苦日子。有位名叫阿番的天神看到了人们的凄惨生活后非常同情，于是他便背着天王偷偷地打开了天庭之门，将天上五谷的种子悄悄地撒向了人间。

人们虽然得到了五谷的种子，却不懂得栽种的方法，于是人们便向勤劳的蜜蜂请教。蜜蜂把如何栽种、如何耕耘、如何打粮食、如何织麻制衣服等方法全都毫无保留地教给了人们。

因为五谷的种子都是来自天上的优良品种，又得到了蜜蜂的指导，所以人们种出的庄稼长势一片喜人。到了庄稼扬花的季节，放眼望去，庄稼就好像是成群结队的绵羊，白花花地铺满了整个山野。一串串的谷穗，都是金灿灿、沉甸甸的。到了秋天收获的季节，打谷场上更是一片忙碌的景象，一堆堆的粮食装满了粮仓。

从此，地上的人们过上了丰衣足食的幸福生活。

后来天王知道了这件事，他看到人间的生活如此美好，就要超过天上了，非常忌恨，愤怒之下便召来了大力神，命他到人间去把所有的庄稼全部毁掉，让人们重新回到

那种吃野果、穿树叶的生活状态。

大力神领了天王的命令,他趁乌云蔽月的时候,偷偷地来到了人间。他来到庄稼地里施展神力,把人们辛辛苦苦栽种的庄稼一棵棵连根拔起。

与此同时,人们得到了大力神正在破坏庄稼的消息,便急忙从四面八方赶来,阻止大力神。大力神依仗着自己是神仙,神通广大,威力无边,蛮横地说:"我是天上的大力神,力大无穷,你们地上这些可怜的人,要是你们有人能将我摔倒,我就回到天上去,从此再也不来管人间的事!如果你们不敢比试,就趁早快些躲闪开,今天我要叫这里寸草不生!"

大力神越说越来劲,为了显示一下自己的神通,他看到一群牛正在山脚下吃草,便走了过去,他一眼便看中了一头十分健壮的黄牛。他来到黄牛的跟前,伸出双手,黄牛轻而易举地被他托了起来,一甩手远远地扔飞了出去。接着,他又找了一头大水牛,双手握住牛角,轻轻一扭,就把大水牛摔倒在了地上。人们一看大力神果然神通广大,便都有些害怕了。

大力神看到人们面露惧色,更是得意扬扬起来。他双手叉在腰间,向围观的人群慢慢地挪着步子,放肆地叫喊:"还有谁敢出来与我比试?也好让我再玩玩。要是不敢,就快些滚开……"

大力神正在向人们耀武扬威时,忽然传来一个声音喊道:"大力神,别逞凶!"这一声大喊,把大力神吓了一跳。

人们寻声望去,只见一个高大威武,上身赤裸,腰间紧紧地扎着一条黑腰带的男人从人群中走了出来。他浑身上下的皮肤黑黝黝的,一块一块的肌肉像钢铁一样坚

● 读书笔记

● 阅读点睛

此处运用动作和语言描写,展现了大力神的狂傲和不可一世。

硬、强悍,简直就如同半截雄健的山峰。他便是英雄朵阿若恣。

英雄朵阿若恣勇敢地对着大力神喊道:"要摔跤,别在这里踏坏了人们辛辛苦苦种出来的庄稼,我们找块宽敞的地方去比一比。"语音刚落,他便迈着流星大步向老圭山走去。大力神和众人紧随其后,也都一同来到了老圭山上。

朵阿若恣和大力神在老圭山上摔了起来,彼此谁也不敢有半点儿松懈。他们你抓住我,我扯住你,由于实力相当,所以他们斗了很长时间却都不分胜负。一天,两天……他们斗了整整三天三夜,竟然还是难分伯仲,谁也没能战胜谁。这时,山头围观的人群中小伙子们吹响了短笛,弹起了三弦;姑娘们也都使足了劲为朵阿若恣加油助威。突然,朵阿若恣脚下一滑,膝盖着了地。大力神便拼了命地压下来,企图将朵阿若恣压翻在地。朵阿若恣单腿跪地,压得地上出现了一个又深又大的坑。

大力神已经完全占据了上风,只见朵阿若恣一收腰,攒足了力量,深吸了一口气,双手死死地卡住大力神的腰腿部,猛一发力,霍然站起,顺势将大力神举过自己的头顶,并使出全部的力量将大力神远远地扔了出去,大力神连滚带爬地滚到十几里外的独石山脚下,并且把平整的地面撞出一条长长的深沟来。大力神的头,则将跃宝山一下撞通了,山中的水淌到了长长的深沟里,变成了一个大湖。

这一下大力神威风尽丧,丢尽了颜面。他只好灰溜溜地逃回到天上去了。从此,为了纪念这场胜利,每年的这一天人们都要举行摔跤比赛,以此来庆祝朵阿若恣的胜利。

人们看到朵阿若恣斗败了大力神赢得了胜利,便起

◉ 阅读点睛

此处运用动作描写和细节描写,将朵阿若恣和大力神摔跤时的紧张气氛形象地表现了出来。

劲地弹响大三弦，短笛也吹得响四方。姑娘们随着乐曲，不住地拍手跺脚以抒发自己的喜悦心情。这就是今天彝族人跳三弦的由来。

天王听说大力神被朵阿若恣斗败了，人们正载歌载舞地庆祝，气得嘴生烟，两眼冒火。他顺手抓起了桌子上的香灰，伸手撒向人间，这些香灰，后来就变成了各种害虫，落到大地上专门破坏庄稼。眼看着庄稼又要被毁掉了，聪明的人们想到了一个应对的办法，他们用松树枝点燃起一束束的火把，将松香撒在火把上，喷出一条条火龙，害虫们被烧得四处飞散，再也不敢逞凶了。

品读赏析

本文向我们讲述了英雄——朵阿若恣的故事。故事之所以得以流传，一方面是为了将英雄的精神继续传扬下去，让彝族的人们记住力大无比的英雄朵阿若恣曾经为大家所做出的一切，这体现出了西南少数民族对力量的原始崇拜；另一方面，也是这则故事最想表达：当自己的民族面临他人的肆意破坏、导致利益受损时，要敢于、善于反抗，以此来保卫人们辛辛苦苦劳动得来的一切。

拓展延伸

彝 族

彝族是中国最古老的民族之一。关于彝族的起源，普遍认为彝族起源于古氐羌人。早在先秦时期，居住在我国西北青海地区的古氐羌人开始向四面发展，其中有一支向祖国的西南方向迁徙。古氐羌人早期南下的支系与当地土著部落融合，后来形成的西昌地区的邛番和云南地区的滇番等便是彝族的先民。彝族历史上一个重要特征，是长时期保持着奴隶占有制度。直到清朝时，彝族的部分地区才比较迅速地由奴隶社会向封建社会过渡。

姜太公钓鱼——愿者上钩

● 读书笔记

────────────

────────────

────────────

────────────

● 阅读点睛

　　此处对话描写,表现出姜子牙每天河边钓鱼,钓的并不是鱼本身,而是君主,为下文做了铺垫。也点明了什么叫作"愿者上钩"。

　　姜尚,名望,吕氏,字子牙。因是齐国始祖而称"太公望",俗称姜太公。在周武王灭商的过程中,姜子牙起到了举足轻重的作用。关于姜子牙的传说有很多。

　　姜子牙在渭水河边钓鱼,每天早出晚归,从无间断,而且是天天空手而去,空手而回。这样日复一日,月复一月,终于引起了人们的注意。有一天,一位好管闲事的人想帮帮姜子牙,没想到仔细一看,姜子牙的钓鱼钩是直的。于是就对姜子牙说:"老先生,你的鱼钩怎么是直的呀?"姜子牙说:"我知道。"那人说:"你这样能钓到鱼吗?"姜子牙回答:"我用这钩不是为了钓鱼的。""那是为了什么?"姜子牙捋捋胡须说:"不钓鱼来不钓虾,只钓当朝君与臣。"不久,姜子牙直钩钓鱼的事和他说的话不胫而走,成了人们谈论的笑话。

　　不知过了多长时间,这件事传到了周文王的耳朵里。文王一想,这一定是一位有本事的人。于是就带人来到渭水河边,找到了姜子牙。经过与姜子牙的初步交谈,文王断定姜子牙是位大贤人,就准备把姜子牙请回去。先是请姜子牙坐轿,姜子牙不坐;之后请姜子牙骑马,姜子牙也不骑。

文王就问:"老先生究竟要怎样才能跟我回去呢?"

姜子牙说:"我要坐在车上,然后你把我拉回去。"

随从们都认为姜子牙的要求很过分,都很不高兴。但周文王为了表示自己礼贤下士的诚意,还是答应了姜子牙的要求。于是姜子牙坐到了车上,由周文王拉着往回走。

走了一会儿,文王累得气喘吁吁,停下说:"老先生,我拉不动了。"

姜子牙说:"再走走吧。"

于是文王又拉着姜子牙走了一阵。文王累得实在走不动了,就对姜子牙说:"老先生,我实在拉不动了。"

姜子牙说:"真的一点儿劲也没有了?"

文王说:"没有了。"

于是姜子牙下了车,对文王说:"你知道你拉着我走了多少步吗?"

文王回答说:"我只顾拉车,根本没有心思数这个。"

姜子牙说:"你一共拉着我走了八百零八步,所以,我保你的江山八百零八年。"

文王一听,浑身来了力气,还要再拉。

姜子牙说:"天机已经泄露,再拉就不灵了。"

姜子牙随同文王回去后果然受到重用。后来他帮周武王打败了商纣王,建立了周朝。

周武王灭商的过程中,得到了各路神仙的帮助。在灭掉商、建立周朝之后,姜子牙开始对这些神仙进行晋封。封来封去,唯独一个神没有封出去,那就是玉皇大帝,姜子牙打算将这个神位留给自己,可是没想到,另外一个神仙张友仁却看穿了他的心思。其他诸神都很开心地领到了自己的神位,有神仙就问姜子牙,这个玉皇大帝的职位应该封给谁?此时,姜子牙不紧不慢地说出了那句叫他遗憾终生的话:"不用急,自然有人。"正好躲在神台后面的张友仁起身说:"多谢太公,友仁在此!"姜子牙感到很无奈,马上到手的神位就这样被别人窃取了。所有的神都封完了,只剩下姜子牙自己没有位置,他只得跑到外面守大门,最后成了门神。

还有一种说法,姜子牙因为没有神位,只能爬上房顶,他坐在房顶上大喊:

"姜太公在此,诸神回避!"所以,至今有种规矩,在盖房子上房梁时,要请姜子牙,因为"姜太公在此,百无禁忌",有姜子牙在,其他的大鬼小鬼都不敢进来,以求得吉利,平安无事。

没得到玉皇大帝神位的姜子牙也没有顾忌太多,可是回家后他的妻子很不开心,听说他封了诸神,唯独没有自己的位置,于是整天吵闹着要姜子牙给自己封个神位。有一天姜子牙气得实在没办法,就说:"你嫁到我家,让我穷了一辈子,所以不封你。一个妇道人家,整日争名夺利,嘴穷死了,活像个穷神。"他妻子却开心得很,穷神也是神啊,于是就跑出去到处说,到处讲,可是老百姓却非常怨恨她,谁都不想见她,本来富的地方她一去就穷了,于是有人就对姜子牙说,让他管住自己的妻子,别再让她四处乱跑了。姜子牙很生气,把她拖回家,并告诉她以后不准出去乱跑,他妻子问那自己以后该去哪里,姜子牙对她说,只要是有福的地方就不能去。百姓得知后,纷纷在自家的门上贴上了"福"字,这就是"福"字的由来。

品读赏析

太公钓鱼,真实目的是"钓"周文王,希望他"愿者上钩",能发现自己的治国安邦之才,从而得到重用。我们应该从中学习太公的那种精神,生命苦短,为了实现自己的人生抱负,他几十年如一日地修炼自己,在没实现自己理想之前,甘于清苦,心态超然,过得悠然自得。

拓展延伸

姜太公

姜太公,名姜尚,字子牙,商朝末年人。姜子牙辅佐了西周王,当了丞相。姜子牙既是一位满腹韬略的贤臣,又是一位非凡的政治、军事家。姜子牙半生寒微,择主不遇,漂泊不定。但他能动心忍性,观察风云,等待时机,终遇明主。他的这种"宠辱不惊,看庭前花开花落;去留无意,望天上云卷云舒"的心境,平和、淡泊、自然的情怀,值得我们去学习。

读后感

《中国民间故事》犹如历史夜空中一颗耀眼璀璨的明星，散发着永恒的艺术光芒。走进《中国民间故事》，我感受到中国古代劳动人民对于逆境与挫折的勇敢反抗，对于美好爱情的坚贞不渝，对于邪恶势力的憎恶与仇恨……这些广为流传的故事都是古代劳动人民智慧的结晶，都在向我们传递着对于真、善、美的向往与追求。

其中，《花木兰》的故事最令我印象深刻。它讲述了武艺高强的花木兰，女扮男装替父从军的故事。在战场上花木兰英勇无比，凭借自己的勇敢与智慧成功保卫了国家，立下汗马功劳。在花木兰的身上我看到了她极强的责任感：一方面花木兰为了年迈的父亲，毅然坚守孝道替父出征；另一方面，花木兰在战场上勇往直前，树立了一个巾帼不让须眉的女英雄形象。花木兰身上所具有的责任感值得我们每一个人去学习。

责任感是中华民族的传统美德，作为新时代的小学生，我们更应该培养自己的责任感。我们可以从身边的点滴做起，让责任感成为一种习惯，促使我们成为更加优秀的人。

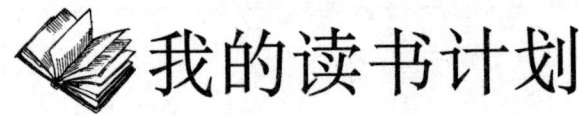 我的读书计划

我想读的书:＿＿＿＿＿＿＿＿＿＿＿＿＿＿＿＿＿＿＿＿

作者:＿＿＿＿＿＿＿＿＿＿＿＿＿＿＿＿＿＿＿＿＿＿

读书时间:＿＿＿＿＿＿年＿＿＿月＿＿＿日

我想读的书:＿＿＿＿＿＿＿＿＿＿＿＿＿＿＿＿＿＿＿＿

作者:＿＿＿＿＿＿＿＿＿＿＿＿＿＿＿＿＿＿＿＿＿＿

读书时间:＿＿＿＿＿＿年＿＿＿月＿＿＿日

我想读的书:＿＿＿＿＿＿＿＿＿＿＿＿＿＿＿＿＿＿＿＿

作者:＿＿＿＿＿＿＿＿＿＿＿＿＿＿＿＿＿＿＿＿＿＿

读书时间:＿＿＿＿＿＿年＿＿＿月＿＿＿日

我想读的书:＿＿＿＿＿＿＿＿＿＿＿＿＿＿＿＿＿＿＿＿

作者:＿＿＿＿＿＿＿＿＿＿＿＿＿＿＿＿＿＿＿＿＿＿

读书时间:＿＿＿＿＿＿年＿＿＿月＿＿＿日